ちくま文庫

教科書で読む名作

走れメロス・富嶽百景ほか

太宰 治

筑摩書房

カバー・本文デザイン　川上成夫

*

目次

傍注イラスト・秦麻利子

教科書で読む名作

走れメロス・富嶽百景

ほか

【凡例】

一 「教科書で読む名作」シリーズでは、なるべく原文を尊重しつつ、文字表記を読みやすいものにした。

1 原則として、旧仮名遣いは新仮名遣いに、旧字は新字に改めた。

2 極端な当て字と思われるもの、代名詞・接続詞・副詞・連体詞・形式名詞・補助動詞などの一部は、仮名に改めたものがある。

3 常用漢字で転用できる漢字で、原文を損なうおそれが少ないと思われるものは、これを改めた。

4 送り仮名は、現行の「送り仮名の付け方」によった。

5 常用漢字の音訓表にないものには、作品ごとの初出でルビを付した。

二 今日の人権意識に照らして不当・不適切と思われる、人種・身分・職業・身体および精神障害に関する語句や表現については、時代的背景と作品の価値にかんがみ、そのままとした。

三 本巻に収録した作品のテクストは、『太宰治全集』（ちくま文庫・全一〇巻）を使用した。

四 本書は、ちくま文庫のためのオリジナル編集である。

走《はし》れメロス

発表——一九四〇（昭和一五）年
高校国語教科書初出——一九五七（昭和三二）年
秀英出版『国語二』

メロスは激怒した。必ず、かの邪智暴虐《じゃちぼうぎゃく》[1]の王を除かなければならぬと決意した。メロスには政治がわからぬ。メロスは、村の牧人である。笛を吹き、羊と遊んで暮らしてきた。けれども邪悪に対しては、人一倍に敏感であった。きょう未明[2]メロスは村を出発し、野を越え山越え、十里[3]はなれたこのシラクス[4]の市にやって来た。メロスには父も、母もない。女房もない。十六の、内気な妹と二人暮らしだ。この妹は、村のある律気な一牧人を、近々、花婿として迎えることになっていた。結婚式も間近なのである。メロスは、それゆえ、花嫁の衣裳《いしょう》やら祝宴の御馳走《ごちそう》やらを買いに、はるばる市にやって来たのだ。まず、その品々を買い集め、それから都の大路をぶらぶら歩いた。

1 邪智暴虐　よこしまな知恵を持ち、人々をしいたげること。 2 未明　夜半過ぎて、まだ明るくならない時分。
3 里　距離の単位。一里は、約四キロメートル。 4 シラクス　シラクサ。イタリアのシチリア島南東部にあり、ギリシャ人が紀元前八世紀に植民市として建設、港湾都市として栄えた。紀元前二一二年にローマによって滅ぼされた。［イタリア語］Siracusa

メロスには竹馬の友があった。セリヌンティウスである。今はこのシラクスの市で、石工をしている。その友を、これから訪ねてみるつもりなのだ。久しく会わなかったのだから、訪ねていくのが楽しみである。歩いているうちにメロスは、まちの様子を怪しく思った。ひっそりしている。もう既に日も落ちて、まちの暗いのは当たりまえだが、けれども、なんだか、夜のせいばかりではなく、市全体が、やけに寂しい。のんきなメロスも、だんだん不安になってきた。路《みち》で会った若い衆をつかまえて、何かあったのか、二年まえにこの市に来たときは、夜でも皆が歌をうたって、まちは賑《にぎ》やかであったはずだが、と質問した。若い衆は、首を振って答えなかった。しばらく歩いて老爺《ろうや》に会い、こんどはもっと、語勢を強くして質問した。老爺は答えなかった。メロスは両手で老爺のからだをゆすぶって質問を重ねた。老爺は、あたりをはばかる低声で、わずか答えた。

「王様は、人を殺します。」

「なぜ殺すのだ。」

「悪心を抱いている、というのですが、誰もそんな、悪心を持ってはおりませぬ。」

「たくさんの人を殺したのか。」

「はい、はじめは王様の妹婿さまを。それから、御自身のお世嗣《よつぎ》を。それから、妹さまを。それから、妹さまのお子さまを。それから、皇后さまを。それから、賢臣のアレキス様を。」

「おどろいた。国王は乱心か。」

「いいえ、乱心ではございませぬ。人を、信ずることができぬ、というのです。このごろは、臣下の心をも、お疑いになり、少しく派手な暮らしをしている者には、人質ひとりずつ差し出すことを命じております。御命令を拒めば十字架にかけられて、殺されます。きょうは、六人殺されました。」

聞いて、メロスは激怒した。「あきれた王だ。生かしておけぬ。」

メロスは、単純な男であった。買い物を、背負ったままで、のそのそ王城にはいって行った。たちまち彼は、巡邏《じゅんら》[6]の警吏に捕縛された。調べられて、メロスの懐中からは短剣が出てきたので、騒ぎが大きくなってしまった。メロスは、王の前に引き出された。

5 竹馬の友　幼なじみ。幼いころからの友達。6 巡邏の警吏　見回りの警察官吏。

「この短刀で何をするつもりであったか。言え！」暴君ディオニスは静かに、けれども威厳をもって問いつめた。その王の顔は蒼白《そうはく》で、眉間の皺《しわ》は、刻み込まれたように深かった。

「市を暴君の手から救うのだ。」とメロスは悪びれずに答えた。

「おまえがか？」王は、憫笑《びんしょう》[7]した。「仕方のないやつじゃ。おまえには、わしの孤独がわからぬ。」

「言うな！」とメロスは、いきりたって反駁《はんばく》[8]した。「人の心を疑うのは、最も恥ずべき悪徳だ。王は、民の忠誠をさえ疑っておられる。」

「疑うのが、正当の心構えなのだと、わしに教えてくれたのは、おまえたちだ。人の心は、あてにならない。人間は、もともと私欲のかたまりさ。信じては、ならぬ。」暴君は落ち着いて呟《つぶや》き、ほっとため息をついた。「わしだって、平和を望んでいるのだが。」

「なんのための平和だ。自分の地位を守るためか。」こんどはメロスが嘲笑した。「罪のない人を殺して、何が平和だ。」

「だまれ、下賤《げせん》の者。」王は、さっと顔を挙げて報いた。「口では、どんな清らかなことでも言える。わしには、人のはらわたの奥底が見え透いてならぬ。おまえだって、いまに、磔《はりつけ》になってから、泣いて詫《わ》びたって聞かぬぞ。」

「ああ、王は利巧だ。自惚《うぬぼ》れているがよい。私は、ちゃんと死ぬる覚悟でいるのに。命乞いなど決してしない。ただ、――」と言いかけて、メロスは足もとに視線を落とし瞬時ためらい、「ただ、私に情けをかけたいつもりなら、処刑までに三日間の日限を与えてください。たった一人の妹に、亭主を持たせてやりたいのです。三日のうちに、私は村で結婚式を挙げさせ、必ず、ここへ帰ってきます。」

「ばかな。」と暴君は、嗄《しわが》れた声で低く笑った。「とんでもない嘘《うそ》を言うわい。逃がした小鳥が帰ってくるというのか。」

「そうです。帰ってくるのです。」メロスは必死で言い張った。「私は約束を守ります。私を、三日間だけ許してください。妹が、私の帰りを待っているのだ。そんなに私を信じられないならば、よろしい、この市にセリヌンティウスという石工がいます。私の無二の友人だ。あれを、人質としてここに置いていこう。私が逃げてしまって、三

7 憫笑　あわれんで笑うこと。　8 反駁　他人の意見に反対して非難すること。反論。

日目の日暮れまで、ここに帰ってこなかったら、あの友人を絞め殺してください。たのむ、そうしてください。」

それを聞いて王は、残虐な気持ちで、そっとほくそえんだ。生意気なことを言うわい。どうせ帰ってこないにきまっている。この嘘つきに騙《だま》された振りして、放してやるのもおもしろい。そうして身代わりの男を、三日目に殺してやるのも気味がいい。人は、これだから信じられぬと、わしは悲しい顔して、その身代わりの男を磔刑《たつけい》に処してやるのだ。世の中の、正直者とかいう奴輩《やつばら》にうんと見せつけてやりたいものさ。

「願いを、聞いた。その身代わりを呼ぶがよい。三日目には日没までに帰ってこい。おくれたら、その身代わりを、きっと殺すぞ。ちょっとおくれてくるがいい。おまえの罪は、永遠にゆるしてやろうぞ。」

「なに、何をおっしゃる。」

「はは。いのちが大事だったら、おくれてこい。おまえの心は、わかっているぞ。」

メロスは悔《くや》しく、地団駄踏んだ。ものも言いたくなくなった。

竹馬の友、セリヌンティウスは、深夜、王城に召された。暴君ディオニスの面前で、よき友とよき友は、二年ぶりで相会《あい》うた。メロスは、友に一切の事情を語った。セリヌンティウスは無言でうなずき、メロスをひしと抱きしめた。友と友の間は、それでよかった。セリヌンティウスは、縄打たれた。メロスは、すぐに出発した。初夏、満天の星である。

メロスはその夜、一睡もせず十里の路を急ぎに急いで、村へ到着したのは、明くる日の午前、陽《ひ》は既に高く昇って、村人たちは野に出て仕事をはじめていた。メロスの十六の妹も、きょうは兄の代わりに羊群の番をしていた。よろめいて歩いてくる兄の、疲労困憊《ひろうこんぱい》の姿を見つけて驚いた。そうして、うるさく兄に質問を浴びせた。

「なんでもない。」メロスは無理に笑おうと努めた。「市に用事を残してきた。またすぐ市に行かなければならぬ。あす、おまえの結婚式を挙げる。早いほうがよかろう。」

妹は頬をあからめた。

「うれしいか。きれいな衣裳も買ってきた。さあ、これから行って、村の人たちに知らせてこい。結婚式は、あすだと。」

メロスは、また、よろよろと歩き出し、家へ帰って神々の祭壇を飾り、祝宴の席を調え、間もなく床に倒れ伏し、呼吸もせぬくらいの深い眠りに落ちてしまった。

眼《め》が覚めたのは夜だった。メロスは起きてすぐ、花婿の家を訪れた。そうして、少し事情があるから、結婚式を明日にしてくれ、と頼んだ。婿の牧人は驚き、それはいけない、こちらにはまだ何の仕度もできていない、葡萄《ぶどう》の季節まで待ってくれ、と答えた。メロスは、待つことはできぬ、どうか明日にしてくれたまえ、とさらに押したのんだ。婿の牧人も頑強であった。なかなか承諾してくれない。夜明けまで議論をつづけて、やっと、どうにか婿をなだめ、すかして、説き伏せた。結婚式は、真昼に行われた。新郎新婦の、神々への宣誓が済んだころ、黒雲が空を覆い、ぽつりぽつり雨が降り出し、やがて車軸を流すような大雨となった。祝宴に列席していた村人たちは、何か不吉なものを感じたが、それでも、めいめい気持ちを引きたて、狭い家の中で、むんむん蒸し暑いのもこらえ、陽気に歌をうたい、手をうった。メロスも、満面に喜色を湛《たた》え、しばらくは、王とのあの約束をさえ忘れていた。祝宴は、夜に入っていよいよ乱れ華やかになり、人々は、外の豪雨を全く気にしなくなった。メロスは、一生このままここにいたい、と思った。このよい人たちと生涯暮らしていきたいと願ったが、いまは、自分のからだで、自分のものではない。ままならぬことである。メロスは、わが身に鞭《むち》打ち、ついに出発を決意した。あすの日没までには、まだ十分の時がある。ちょっと一眠りして、それからすぐに出発しよう、と考えた。その頃には、雨も小降りになっていよう。少しでも長くこの家にぐずぐずとどまっていたかった。メロスほどの男にも、やはり未練の情けというものはある。今宵《こよい》ぼう然、歓喜に酔っているらしい花嫁に近寄り、

「おめでとう。私は疲れてしまったから、ちょっとご免こうむって眠りたい。眼が覚めたら、すぐに市に出かける。大切な用事があるのだ。私がいなくても、もうおまえには優しい亭主があるのだから、決して寂しいことはない。おまえの兄の、いちばんきらいなものは、人を疑うことと、それから、嘘をつくことだ。おまえも、それは、知っているね。亭主との間に、どんな秘密でも作ってはならぬ。おまえに言いたいのは、それだけだ。おまえの兄は、たぶん偉い男なのだから、おまえもその誇りを持っていろ。」

花嫁は、夢見心地でうなずいた。メロスは、それから花婿の肩をたたいて、

「仕度のないのはお互いさまさ。私の家にも、宝といっては、妹と羊だけだ。他には、何もない。全部あげよう。もう一つ、メロスの弟になったことを誇ってくれ。」

花婿は揉《も》み手して、てれていた。メロスは笑って村人たちにも会釈して、宴席から立ち去り、羊小屋にもぐり込んで、死んだように深く眠った。

眼が覚めたのは明くる日の薄明の頃である。メロスは跳ね起き、南無三[9]、寝すごしたか、いや、まだまだ大丈夫、これからすぐに出発すれば、約束の刻限までには十分間に合う。きょうは是非とも、あの王に、人の信実の存するところを見せてやろう。そうして笑って磔の台に上ってやる。メロスは、悠々と身仕度をはじめた。雨も、いくぶん小降りになっている様子である。身仕度はできた。さて、メロスは、ぶるんと両腕を大きく振って、雨中、矢のごとく走り出た。

私は、今宵、殺される。殺されるために走るのだ。身代わりの友を救うために走るのだ。王の奸佞《かんねい》[10]邪智を打ち破るために走るのだ。走らなければならぬ。そうして、私は殺される。若いときから名誉を守れ。さらば、ふるさと。若いメロスは、つらかった。幾度か、立ちどまりそうになった。えい、えいと大声挙げて自身を叱りながら走った。村を出て、野を横切り、森をくぐり抜け、隣村に着いた頃には、雨も止《や》み、日は高く昇って、そろそろ暑くなってきた。メロスは額の汗をこぶしで払い、ここまでくれば大丈夫、もはや故郷への未練はない。妹たちは、きっとよい夫婦になるだろう。私には、いま、なんの気がかりもないはずだ。まっすぐに王城に行き着けば、それでよいのだ。そんなに急ぐ必要もない。ゆっくり歩こう、と持ちまえの呑気《のんき》さを取り返し、好きな小歌をいい声で歌い出した。ぶらぶら歩いて二里行き三里行き、そろそろ全里程の半ばに到達した頃、降って湧いた災難、メロスの足は、はたと、とまった。見よ、前方の川を。きのうの豪雨で山の水源地は氾濫《はんらん》し、濁流滔々《とうとう》と下流に集まり、猛勢一挙に橋を破壊し、どうどうと響きをあげる激流が、木葉《こっぱ》微《み》塵《じん》に橋桁《はしげた》を跳ね飛ばしていた。彼はぼう然と、立ちすくんだ。あちこちと眺めまわし、また、声を限りに呼びたててみたが、繋舟《けいしゅう》は残らず波に浚《さら》われて影なく、渡し守りの姿も見えない。流れはいよいよ、ふくれ上がり、海のようになっている。メロスは川岸にうずくまり、男泣きに泣きながらゼウス[11]に手を挙げて哀願した。「ああ、鎮めたまえ、荒れ狂う流れを！　時は刻々に過ぎていきます。太陽も既に真昼時です。あれが沈んでしまわぬうちに、王城に行き着くことができなかったら、あのよい友達が、私のために死ぬのです。」

濁流は、メロスの叫びをせせら笑うごとく、ますます激しく躍り狂う。波は波を呑《の》

9 南無三　驚いたときに発する言葉。しまった。大変だ。　10 奸佞邪智　心がねじ曲がって悪知恵がはたらくこと。

11 ゼウス　ギリシャ神話の最高神。天空を支配し、社会秩序をつかさどる。［ギリシア語］ Zeus

み、捲《ま》き、煽《あお》り立て、そうして時は、刻一刻と消えていく。今はメロスも覚悟した。泳ぎきるより他にない。ああ、神々も照覧あれ！　濁流にも負けぬ愛と誠の偉大な力を、いまこそ発揮してみせる。メロスは、ざんぶと流れに飛び込み、百匹の大蛇のようにのた打ち荒れ狂う波を相手に、必死の闘争を開始した。満身の力を腕にこめて、押し寄せ渦巻き引きずる流れを、なんのこれしきと掻《か》きわけ掻きわけ、めくらめっぽう獅子《しし》奮迅《ふんじん》の人の子の姿には、神も哀れと思ったか、ついに憐愍《れんびん》を垂れてくれた。押し流されつつも、見事、対岸の樹木の幹に、すがりつくことができたのである。ありがたい。メロスは馬のように大きな胴震いを一つして、すぐにまた先を急いだ。一刻といえども、むだにはできない。陽は既に西に傾きかけている。ぜいぜい荒い呼吸をしながら峠をのぼり、のぼりきって、ほっとした時、突然、目の前に一隊の山賊が躍り出た。

「待て。」

「何をするのだ。私は陽の沈まぬうちに王城へ行かなければならぬ。放せ。」

「どっこい放さぬ。持ちもの全部を置いていけ。」

「私にはいのちの他には何もない。その、たった一つの命も、これから王にくれてやるのだ。」

「その、いのちが欲しいのだ。」

「さては、王の命令で、ここで私を待ち伏せしていたのだな。」

山賊たちは、ものも言わず一斉に棍棒《こんぼう》を振り挙げた。メロスはひょいと、からだを折り曲げ、飛鳥のごとく身近の一人に襲いかかり、その棍棒を奪い取って、

「気の毒だが正義のためだ！」と猛然一撃、たちまち、三人を殴り倒し、残る者のひるむ隙に、さっさと走って峠を下った。一気に峠を駆け降りたが、さすがに疲労し、折から午後の灼熱《しやくねつ》の太陽がまともに、かっと照ってきて、メロスは幾度となく眩暈《めまい》を感じ、これではならぬ、と気を取り直しては、よろよろ二、三歩あるいて、ついに、がくりと膝を折った。立ち上がることができぬのだ。天を仰いで、悔し泣きに泣き出した。ああ、あ、濁流を泳ぎきり、山賊を三人も撃ち倒し韋駄天《いだてん》[12]、ここまで突破してきたメロスよ。真の勇者、メロスよ。今、ここで、疲れきって動けなくなるとは情けない。愛する友は、おまえを信じたばかりに、やがて殺されなければならぬ。おまえ

12　韋駄天　仏教の天神のひとつ。足が速い人のたとえ。

は、[13]稀《き》代《たい》の不信の人間、まさしく王の思う壺《つぼ》だぞ、と自分を叱ってみるのだが、全身萎《な》えて、もはや芋虫ほどにも前進かなわぬ。路傍の草原にごろりと寝ころがった。身体疲労すれば、精神も共にやられる。もう、どうでもいいという、勇者に不似合いなふてくされた根性が、心の隅に巣食った。私は、これほど努力したのだ。約束を破る心は、みじんもなかった。神も照覧、私は精いっぱいに努めてきたのだ。動けなくなるまで走ってきたのだ。私は不信の徒ではない。ああ、できることなら私の胸を截《た》ち割って、真紅の心臓をお目に掛けたい。愛と信実の血液だけで動いているこの心臓を見せてやりたい。けれども私は、この大事なときに、精も根も尽きたのだ。私は、よくよく不幸な男だ。私は、きっと笑われる。私の一家も笑われる。私は友を欺いた。中途で倒れるのは、はじめから何もしないのと同じことだ。ああ、もう、どうでもいい。これが、私の定まった運命なのかもしれない。セリヌンティウスよ、ゆるしてくれ。君は、いつでも私を信じた。私も君を、欺かなかった。私たちは、本当によい友と友であったのだ。いちどだって、暗い疑惑の雲を、お互い胸に宿したことはなかった。いまだって、君は私を無心に待っているだろう。ああ、待っているだろう。ありがとう、セリヌンティウス。よくも私を信じてくれた。それを思えば、たまらない。

友と友の間の信実は、この世でいちばん誇るべき宝なのだからな。セリヌンティウス、私は走ったのだ。君を欺くつもりは、みじんもなかった。信じてくれ！　私は急ぎに急いでここまできたのだ。濁流を突破した。山賊の囲みからも、するりと抜けて一気に峠を駆け降りてきたのだ。私だから、できたのだよ。ああ、この上、私に望みたもうな。放っておいてくれ。どうでも、いいのだ。私は負けたのだ。だらしがない。笑ってくれ。王は私に、ちょっとおくれてこい、と耳打ちした。おくれたら、身代わりを殺して、私を助けてくれると約束した。私は王の卑劣を憎んだ。けれども、今になってみると、私は王の言うままになっている。私は、おくれて行くだろう。王は、ひとり合点して私を笑い、そうしてこともなく私を放免するだろう。そうなったら、私は、死ぬよりつらい。私は、永遠に裏切り者だ。地上で最も、不名誉の人種だ。セリヌンティウスよ、私も死ぬぞ。君と一緒に死なせてくれ。君だけは私を信じてくれるにちがいない。いや、それも私の、ひとりよがりか？　ああ、もういっそ、悪徳者として生き延びてやろうか。村には私の家がある。羊もいる。妹夫婦は、まさか私を村

13 稀代　世にもまれな。

から追い出すようなことはしないだろう。正義だの、信実だの、愛だの、考えてみれば、くだらない。人を殺して自分が生きる。それが人間世界の定法ではなかったか。ああ、何もかも、ばかばかしい。私は、醜い裏切り者だ。どうとも、勝手にするがよい。やんぬるかな。――四肢を投げ出して、うとうと、まどろんでしまった。

ふと耳に、潺々《せんせん》[14]、水の流れる音が聞こえた。そっと頭をもたげ、息を呑んで耳をすました。すぐ足もとで、水が流れているらしい。よろよろ起き上がって、見ると、岩の裂目から滾々《こんこん》と、何か小さく囁《ささや》きながら清水が湧き出ているのである。その泉に吸い込まれるようにメロスは身をかがめた。水を両手で掬《すく》って、一口飲んだ。ほうと長い溜《た》め息が出て、夢から覚めたような気がした。歩ける。行こう。肉体の疲労回復とともに、わずかながら希望が生まれた。義務遂行の希望である。わが身を殺して、名誉を守る希望である。斜陽は赤い光を、樹々《きぎ》の葉に投じ、葉も枝も燃えるばかりに輝いている。日没までには、まだ間がある。私を、待っている人があるのだ。少しも疑わず、静かに期待してくれている人があるのだ。私は、信じられている。私の命なぞは、問題ではない。死んでお詫び、などと気のいいことは言っておられぬ。私は、信頼に報いなければならぬ。いまはただその一事だ。走れ！　メロス。

私は信頼されている。私は信頼されている。先刻の、あの悪魔の囁きは、あれは夢だ。悪い夢だ。忘れてしまえ。五臓が疲れているときは、ふいとあんな悪い夢を見るものだ。メロス、おまえの恥ではない。やはり、おまえは真の勇者だ。再び立って走れるようになったではないか。ありがたい！　私は、正義の士として死ぬことができるぞ。ああ、陽が沈む。ずんずん沈む。待ってくれ、ゼウスよ。私は生まれた時から正直な男であった。正直な男のままにして死なせてください。

路行く人を押しのけ、跳ねとばし、メロスは黒い風のように走った。野原で酒宴の、その宴席のまっただ中を駆け抜け、酒宴の人たちを仰天させ、犬を蹴とばし、小川を飛び越え、少しずつ沈んでゆく太陽の、十倍も早く走った。一団の旅人と颯《さ》っとすれちがった瞬間、不吉な会話を小耳にはさんだ。「いまごろは、あの男も、磔にかかっているよ。」ああ、その男、その男のために私は、いまこんなに走っているのだ。その男を死なせてはならない。急げ、メロス。おくれてはならぬ。愛と誠の力を、いまこそ知らせてやるがよい。風態なんかは、どうでもいい。メロスは、いまは、ほとん

14 潺々　浅い川をさらさらと水が流れる様子。

ど全裸体であった。呼吸もできず、二度、三度、口から血が噴き出た。見える。はるか向こうに小さく、シラクスの市の塔楼が見える。塔楼は、夕陽を受けてきらきら光っている。

「ああ、メロス様。」うめくような声が、風とともに聞こえた。

「誰だ。」メロスは走りながら尋ねた。

「フィロストラトスでございます。あなたのお友達セリヌンティウス様の弟子でございます。」その若い石工も、メロスの後について走りながら叫んだ。「もう、駄目《だめ》でございます。無駄《むだ》でございます。走るのは、やめてください。もう、あの方をお助けになることはできません。」

「いや、まだ陽は沈まぬ。」

「ちょうど今、あの方が死刑になるところです。ああ、あなたは遅かった。おうらみ申します。ほんの少し、もうちょっとでも、早かったなら!」

「いや、まだ陽は沈まぬ。」メロスは胸の張り裂ける思いで、赤く大きい夕陽ばかりを見つめていた。走るより他はない。

「やめてください。走るのは、やめてください。いまはご自分のお命が大事です。あの方は、あなたを信じておりました。刑場に引き出されても、平気でいました。王様が、さんざんあの方をからかっても、メロスは来ます、とだけ答え、強い信念を持ちつづけている様子でございました。」

「それだから、走るのだ。信じられているから走るのだ。間に合う、間に合わぬは問題でないのだ。人の命も問題でないのだ。私は、なんだか、もっと恐ろしく大きいもののために走っているのだ。ついて来い！　フィロストラトス。」

「ああ、あなたは気が狂ったか。それでは、うんと走るがいい。ひょっとしたら、間に合わぬものでもない。走るがいい。」

言うにや及ぶ。まだ陽は沈まぬ。最後の死力を尽くして、メロスは走った。メロスの頭は、からっぽだ。何一つ考えていない。ただ、わけのわからぬ大きな力にひきずられて走った。陽は、ゆらゆら地平線に没し、まさに最後の一片の残光も、消えようとした時、メロスは疾風のごとく刑場に突入した。間に合った。

「待て。その人を殺してはならぬ。メロスが帰ってきた。約束のとおり、いま、帰ってきた。」と大声で刑場の群衆にむかって叫んだつもりであったが、喉《のど》がつぶれて嗄れた声が幽《かす》かに出たばかり、群衆は、ひとりとして彼の到着に気がつかない。すでに磔の柱が高々と立てられ、縄を打たれたセリヌンティウスは、徐々に釣り上げられてゆく。メロスはそれを目撃して最後の勇、先刻、濁流を泳いだように群衆を掻きわけ、掻きわけ、

「私だ、刑吏！　殺されるのは、私だ。メロスだ。彼を人質にした私は、ここにいる！」と、かすれた声で精いっぱいに叫びながら、ついに磔台に昇り、釣り上げられてゆく友の両足に、齧《かじ》りついた。群衆は、どよめいた。あっぱれ。ゆるせ、と口々にわめいた。セリヌンティウスの縄は、ほどかれたのである。

「セリヌンティウス。」メロスは眼に涙を浮かべて言った。「私を殴れ。ちからいっぱいに頬を殴れ。私は、途中で一度、悪い夢を見た。君がもし私を殴ってくれなかったら、私は君と抱擁する資格さえないのだ。殴れ。」

セリヌンティウスは、すべてを察した様子でうなずき、刑場いっぱいに鳴り響くほど音高くメロスの右頬を殴った。殴ってから優しく微笑《ほほえ》み、

「メロス、私を殴れ。同じくらい音高く私の頬を殴れ。私はこの三日の間、たった一度だけ、ちらと君を疑った。生まれて、はじめて君を疑った。君が私を殴ってくれなければ、私は君と抱擁できない。」

メロスは腕に唸《うな》りをつけてセリヌンティウスの頰を殴った。

「ありがとう、友よ。」二人同時に言い、ひしと抱き合い、それから嬉《うれ》し泣きにおいおい声を放って泣いた。

群衆の中からも、歔欷《きょき》[15]の声が聞こえた。暴君ディオニスは、群衆の背後から二人の様を、まじまじと見つめていたが、やがて静かに二人に近づき、顔をあからめて、こう言った。

「おまえらの望みは叶《かな》ったぞ。おまえらは、わしの心に勝ったのだ。信実とは、決して空虚な妄想ではなかった。どうか、わしをも仲間に入れてくれまいか。どうか、わしの願いを聞き入れて、おまえらの仲間の一人にしてほしい。」

どっと群衆の間に、歓声が起こった。

「万歳、王様万歳。」

ひとりの少女が、緋《ひ》のマントをメロスに捧《ささ》げた。メロスは、まごついた。よき友は、気をきかせて教えてやった。

15 歔欷　すすり泣き。むせび泣き。

「メロス、君は、まっぱだかじゃないか。早くそのマントを着るがいい。この可愛《かわい》い娘さんは、メロスの裸体を、皆に見られるのが、たまらなく侮しいのだ。」

勇者は、ひどく赤面した。

（古伝説と、シルレル[16]の詩から。）

16 シルレル　ヨハン・クリストフ・フリードリヒ・フォン・シラー Johann Christoph Friedrich von Schiller 一七五九—一八〇五年。ドイツの詩人・劇作家。シラーの元の詩は「人質　譚詩」で、太宰が参照したのは『新編シラー詩抄』（小栗孝則《おぐりたかのり》訳　改造社　一九三七年）と思われる。

富嶽百景《ふがくひやつけい》

発表——一九三九（昭和一四）年
高校国語教科書初出——一九六三（昭和三八）年
中央図書出版社『高等学校現代国語1』

富士の頂角、広重《ひろしげ》[1]の富士は八十五度、文晁《ぶんちょう》[2]の富士も八十四度くらい、けれども、陸軍[3]の実測図によって東西および南北に断面図を作ってみると、東西縦断は頂角、百二十四度となり、南北は百十七度である。広重、文晁に限らず、たいていの絵の富士は、鋭角である。いただきが、細く、高く、華奢《きゃしゃ》である。北斎《ほくさい》[4]にいたっては、その頂角、ほとんど三十度くらい、エッフェル鉄塔[5]のような富士をさえ描いている。けれども、実際の富士は、鈍角も鈍角、のろくさと広がり、東西、百二十四度、南北は百十七度、決して、秀抜の、すらと高い山ではない。たとえば私が、インドかどこかの国から、突然、鷲《わし》にさらわれ、すとんと日本の沼津[6]あたりの海岸に落とされて、ふと、この山

1 **広重** 安藤（歌川）広重、一七九七―一八五八年。江戸時代後期の浮世絵師。代表作に「東海道五十三次」がある。 2 **文晁** 谷文晁、一七六三―一八四〇年。江戸時代後期の画家。代表作に「日本名山図会」がある。 3 **陸軍の実測図** 旧陸軍が作成した地図。現在の国土地理院発行の地図にあたる。 4 **北斎** 葛飾北斎、一七六〇―一八四九年。江戸時代後期の浮世絵師。代表作に「富嶽三十六景」がある。 5 **エッフェル鉄塔** パリにあり、高さ三二四メートル。 6 **沼津** 静岡県沼津市。

を見つけても、そんなに驚嘆しないだろう。ニッポンのフジヤマを、あらかじめ憧れているからこそ、ワンダフルなのであって、そうでなくて、そのような俗な宣伝を、いっさい知らず、素朴な、純粋の、うつろな心に、果たして、どれだけ訴え得るか、そのことになると、多少、心細い山である。低い。裾のひろがっている割に、低い。あれくらいの裾を持っている山ならば、少なくとも、もう一・五倍、高くなければいけない。

十国峠《じっこくとうげ》から見た富士だけは、高かった。あれは、よかった。はじめ、雲のために、いただきが見えず、私は、その裾の勾配から判断して、たぶん、あそこあたりが、いただきであろうと、雲の一点にしるしをつけて、そのうちに、雲が切れて、見ると、ちがった。私が、あらかじめ印をつけておいたところより、その倍も高いところに、青いいただきが、すっと見えた。おどろいた、というよりも私は、へんにくすぐったく、げらげら笑った。やっていやがる、と思った。人は、完全のたのもしさに接すると、まず、だらしなくげらげら笑うものらしい。全身のネジが、たわいなくゆるんで、これはおかしな言いかたであるが、帯紐《おびひも》といて笑うといったような感じである。諸君が、もし恋人と会って、会ったとたんに、恋人がげらげら笑い出したら、慶祝である。

必ず、恋人の非礼をとがめてはならぬ。恋人は、君に会って、君の完全のたのもしさを、全身に浴びているのだ。

東京の、アパートの窓から見る富士は、くるしい。冬には、はっきり、よく見える。小さい、真っ白い三角が、地平線にちょこんと出ていて、それが富士だ。なんのことはない、クリスマスの飾り菓子である。しかも左のほうに、肩が傾いて心細く、船尾のほうからだんだん沈没しかけてゆく軍艦の姿に似ている。三年まえの冬、私はある人から、意外の事実を打ち明けられ、途方に暮れた。その夜、アパートの一室で、ひとりで、がぶがぶ酒のんだ。一睡もせず、酒のんだ。あかつき、小用に立って、アパートの便所の金網張られた四角い窓から、富士が見えた。小さく、真っ白で、左のほうにちょっと傾いて、あの富士を忘れない。窓の下のアスファルト路を、さかなやの自転車が疾駆し、おう、けさは、やけに富士がはっきり見えるじゃねえか、めっぽう寒いや、など呟《つぶや》きのこして、私は、暗い便所の中に立ちつくし、窓の金網撫《な》でながら、じめじめ泣いて、あんな思いは、二度と繰りかえしたくない。

7　十国峠　静岡県東部、熱海《あたみ》市と函南《かんなみ》町との境にある峠。標高七七四メートル。

昭和十三年の初秋、思いをあらたにする覚悟で、私は、かばんひとつさげて旅に出た。

甲州[8]。ここの山々の特徴は、山々の起伏の線の、へんに虚《むな》しい、なだらかさにある。小島烏水《うすい》[9]という人の『日本山水論』にも、「山の拗《す》ね者は多く、この土に仙遊するが如《ごと》し。」とあった。甲州の山々は、あるいは山の、げてものなのかもしれない。私は、甲府市からバスにゆられて一時間。御坂峠《みさかとうげ》[10]へたどりつく。

御坂峠、海抜千三百メートル。この峠の頂上に、天下茶屋という、小さい茶店があって、井伏鱒二《いぶせますじ》[11]氏が初夏のころから、ここの二階に、こもって仕事をしておられる。私は、それを知ってここへ来た。井伏氏のお仕事の邪魔にならないようなら、隣室でも借りて、私も、しばらくそこで仙遊しようと思っていた。

井伏氏は、仕事をしておられた。私は、井伏氏のゆるしを得て、当分その茶屋に落ちつくことになって、それから、毎日、いやでも富士と真正面から、向き合っていなければならなくなった。この峠は、甲府[12]から東海道に出る鎌倉往還[13]の衝に当たっていて、北面富士の代表観望台であると言われ、ここから見た富士は、むかしから富士三景[14]の一つにかぞえられているのだそうであるが、私は、あまり好かなかった。好かないばかりか、軽蔑さえした。あまりに、おあつらいむきの富士である。まんなかに富士があって、その下に河口湖[15]が白く寒々とひろがり、近景の山々がその両袖にひっそり蹲《うずくま》って湖を抱きかかえるようにしている。私は、ひとめ見て、狼狽《ろうばい》し、顔を赤らめた。これは、まるで、風呂屋のペンキ画《え》だ。芝居の書割《かきわり》[16]だ。どうにも注文どおりの景色で、私は、恥ずかしくてならなかった。

私が、その峠の茶屋へ来て二、三日たって、井伏氏の仕事も一段落ついて、ある晴れた午後、私たちは三《み》ツ峠[17]へのぼった。三ツ峠、海抜千七百メートル。御坂峠より、少し高い。急坂を這《は》うようにしてよじ登り、一時間ほどにして三ツ峠頂上に達する。蔦《つた》かずらかきわけて、細い山路、這うようにしてよじ登る私の姿は、決して見よいも

8 **甲州** 甲斐《かい》の国の異称。現在の山梨県。 9 **小島烏水** 一八七三—一九四八年。随筆家。『日本山水論』その他の山岳随筆や紀行文がある。 10 **御坂峠** 山梨県の南東部を東西に走る御坂山地にある峠。標高一五二七メートル。 11 **井伏鱒二** 一八九八—一九九三年。小説家。作者が敬愛し、師事した。『山椒魚』『黒い雨』などの作品がある。 12 **甲府** 山梨県甲府市。同県中央部に位置する県庁所在地。 13 **鎌倉往還** 鎌倉と各地を結ぶ主要な道。鎌倉幕府の開設以来発展した。 14 **富士三景** 御坂峠・三ツ峠・乙女峠から見た富士の景色のこと。 15 **河口湖** 山梨県南東部にあり、富士五湖の一つ。 16 **書割** 芝居の大道具の一つ。木でできた枠に紙や布をはり、風景などを描いて背景とするもの。 17 **三ツ峠** 三ツ峠山。御坂山地に属し、河口湖の北東約四キロメートルにある。標高一七八五メートル。

のではなかった。井伏氏は、ちゃんと登山服着ておられて、軽快の姿であったが、私には登山服の持ち合わせがなく、どてら[18]姿であった。茶屋のどてらは短く、私の毛ずねは、一尺[19]以上も露出して、しかもそれに茶屋の老爺《ろうや》から借りたゴム底の地下足袋をはいたので、われながらむさ苦しく、少し工夫して、角帯《かくおび》[20]をしめ、茶店の壁にかかっていた古い麦藁帽《むぎわらぼう》をかぶってみたのであるが、いよいよ変で、井伏氏は、人のなりふりを決して軽蔑しない人であるが、このときだけはさすがに少し、気の毒そうな顔をして、男は、しかし、身なりなんか気にしないほうがいい、と小声で呟いて私をいたわってくれたのを、私は忘れない。とかくして頂上についたのであるが、急に濃い霧が吹き流れてきて、頂上のパノラマ台[21]という、断崖の縁《へり》に立ってみても、いっこうに眺望がきかない。何も見えない。井伏氏は、濃い霧の底、岩に腰をおろし、ゆっくり煙草《たばこ》を吸いながら、放屁《ほうひ》なされた。いかにも、つまらなそうであった。パノラマ台には、茶店が三軒ならんで立っている。そのうちの一軒、老爺と老婆と二人きりで経営しているじみな一軒を選んで、そこで熱い茶を飲んだ。茶店の老婆は気の毒がり、ほんとうにあいにくの霧で、もう少したったら霧もはれると思いますが、富士は、ほんのすぐそこに、くっきり見えます、と言い、茶店の奥から富士の大きい写真を持ち出し、崖の端に立ってその写真を両手で高く掲示して、ちょうどこの辺に、このとおりに、こんなに大きく、こんなにはっきり、このとおりに見えます、と懸命に注釈するのである。私たちは、番茶をすすりながら、その富士を眺めて、笑った。いい富士を見た。霧の深いのを、残念にも思わなかった。

その翌々日であったろうか、井伏氏は、御坂峠を引きあげることになって、私も甲府までおともした。甲府で私は、ある娘さんと見合いすることになっていた。井伏氏に連れられて甲府のまちはずれの、その娘さんのお家《うち》へお伺いした。井伏氏は、無造作な登山服姿である。私は、角帯に、夏羽織[22]を着ていた。娘さんの家のお庭には、薔《ば》薇《ら》がたくさん植えられていた。母堂に迎えられて客間に通され、挨拶して、そのうちに娘さんも出てきて、私は、娘さんの顔を見なかった。井伏氏と母堂とは、おとな同士の、よもやまの話をして、ふと、井伏氏が、「おや、富士。」と呟いて、私の背後の

18 どてら 防寒用に着用する、綿入れの和服。丹前。19 尺 長さの単位。一尺は、約三〇センチメートル。20 角帯 堅く厚手に織られた、男性用の帯。21 パノラマ台 四方の景色を遠くの方まで見渡せるような場所。展望台。22 羽織 長着の上に着る丈の短い和服。

どてら

長押《なげし》[23]を見あげた。私も、からだを捻《ね》じ曲げて、うしろの長押を見上げた。富士山頂大噴火口の鳥瞰《ちょうかん》写真が、額縁にいれられて、かけられていた。まっしろい水蓮《すいれん》[24]の花に似ていた。私は、それを見とどけ、また、ゆっくりからだを捻じ戻すとき、娘さんを、ちらと見た。きめた。多少の困難があっても、このひとと結婚したいものだと思った。あの富士は、ありがたかった。

井伏氏は、その日に帰京なされ、私は、ふたたび御坂にひきかえした。それから、九月、十月、十一月の十五日まで、御坂の茶屋の二階で、少しずつ、少しずつ、仕事をすすめ、あまり好かないこの「富士三景の一つ」と、へたばるほど対談した。

いちど、大笑いしたことがあった。大学の講師か何かやっている浪漫派《ろうまんは》[25]の一友人が、ハイキングの途中、私の宿に立ち寄って、そのときに、ふたり二階の廊下に出て、富士を見ながら、

「どうも俗だねえ。お富士さん、という感じじゃないか。」

「見ているほうで、かえって、てれるね。」

などと生意気なこと言って、煙草をふかし、そのうちに、友人は、ふと、

「おや、あの僧形《そうぎょう》のものは、なんだね?」と顎でしゃくった。

墨染めの破れたころもを身にまとい、長い杖《つえ》を引きずり、富士を振り仰ぎ振り仰ぎ、峠のぼって来る五十歳くらいの小男がある。

「富士見西行《さいぎょう》[26]、といったところだね。かたちが、できてる。」私は、その僧をなつかしく思った。「いずれ、名のある聖僧かもしれないね。」

「ばか言うなよ。乞食《こじき》だよ。」友人は、冷淡だった。

「いや、いや。脱俗しているところがあるよ。歩きかたなんか、なかなか、できてるじゃないか。むかし、能因法師[27]が、この峠で富士をほめた歌を作ったそうだが、――。」

私が言っているうちに友人は、笑い出した。

「おい、見たまえ。できてないよ。」

能因法師は、茶店のハチという飼犬に吠《ほ》えられて、周章狼狽《しゅうしょうろうばい》であった。その有り様は、いやになるほど、みっともなかった。

23 長押　柱を連結するために、鴨居《かもい》の上などに取り付ける横材。 24 水蓮　池・沼に生え、夏に白・黄・赤色などの花を水面上に咲かせる。睡蓮。 25 浪漫派　保田《やすだ》與重郎《よじゅうろう》・亀井《かめい》勝一郎《かついちろう》らを中心に一九三五年に創刊された文芸誌「日本浪曼派」のこと。自然主義文学を批判し、ロマン主義を標榜した。太宰や檀一雄《だんかずお》も同人で、太宰は「道化の華」などの作品を同誌に発表した。 26 富士見西行　日本画の画題の一つで、平安時代後期の僧・歌人である西行（一一一八―九〇年）が富士山を眺めている姿。 27 能因法師　九八八年―？。平安時代中期の僧・歌人。

「だめだねえ。やっぱり。」私は、がっかりした。

乞食の狼狽は、むしろ、あさましいほどに右往左往、ついには杖をかなぐり捨て、取り乱し、取り乱し、いまはかなわずと退散した。実に、それは、できてなかった。富士も俗なら、法師も俗だ。ということになって、いま思い出しても、ばかばかしい。

新田《にった》という二十五歳の温厚な青年が、峠を降りきった岳麓の吉田[28]という細長い町の、郵便局につとめていて、そのひとが、郵便物によって、私がここに来ていることを知った、と言って、峠の茶屋をたずねてきた。二階の私の部屋で、しばらく話をして、ようやく慣れてきたころ、新田は笑いながら、実は、もう二、三人、僕の仲間がありまして、皆で一緒にお邪魔にあがるつもりだったのですが、いざとなると、どうも皆、しりごみしまして、太宰さんは、ひどいデカダン[29]で、それに、性格破産者だ、と[30]佐藤《さとう》春夫《はるお》先生の小説に書いてございましたし、まさか、こんなまじめな、ちゃんとしたお方だとは、思いませんでしたから、僕も、無理に皆を連れて来るわけには、いきませんでした。こんどは、皆を連れて来ます。かまいませんでしょうか。

「それは、かまいませんけれど。」私は、苦笑していた。「それでは、君は、必死の勇をふるって、君の仲間を代表して僕を偵察に来たわけですね。」

「決死隊でした。」新田は、率直だった。「ゆうべも、佐藤先生のあの小説[31]を、もういちど繰りかえして読んで、いろいろ覚悟をきめて来ました。」

私は、部屋のガラス戸越しに、富士を見ていた。富士は、のっそり黙って立っていた。偉いなあ、と思った。

「いいねえ。富士は、やっぱり、いいとこあるねえ。よくやってるなあ。」富士には、かなわないと思った。念々と動く自分の愛憎が恥ずかしく、富士は、やっぱり偉い、と思った。よくやってる、と思った。

「よくやっていますか。」新田には、私の言葉がおかしかったらしく、聡明《そうめい》に笑っていた。

新田は、それから、いろいろな青年を連れて来た。皆、静かなひとである。皆は、私を、先生、と呼んだ。私はまじめにそれを受けた。私には、誇るべき何もない。学問もない。才能もない。肉体よごれて、心もまずしい。けれども、苦悩だけは、その

28 吉田　現在の山梨県富士吉田市。29 デカダン　退廃的な生活。もしくは退廃的な人。［フランス語］décadent
30 佐藤春夫　一八九二―一九六四年。詩人・小説家・評論家。芥川賞選考委員をつとめた。太宰は、佐藤春夫に同賞の受賞を懇願する手紙を送った。31 あの小説　佐藤春夫の実名小説「芥川賞」をさすか。

青年たちに、先生、と言われて、だまってそれを受けていいくらいの、苦悩は、経てきた。たったそれだけ。藁一すじの自負である。けれども、私は、この自負だけは、はっきり持っていたいと思っている。わがままな駄々っ子のように言われてきた私の、裏の苦悩を、いったい幾人知っていたろう。新田と、それから田辺という短歌の上手な青年と、二人は、井伏氏の読者であって、その安心もあって、私は、この二人といちばん仲良くなった。いちど吉田に連れていってもらった。おそろしく細長い町であった。岳麓の感じがあった。富士に、日も、風もさえぎられて、ひょろひょろに伸びた茎のようで、暗く、うすら寒い感じの町であった。道路に沿って清水が流れている。これは、岳麓の町の特徴らしく、三島[32]でも、こんな具合に、町じゅうを清水が、どんどん流れている。富士の雪が溶けて流れてくるのだ、とその地方の人たちが、まじめに信じている。吉田の水は、三島の水に比べると、水量も不足だし、汚い。水を眺めながら、私は、話した。

「モウパスサン[33]の小説に、どこかの令嬢が、貴公子のところへ毎晩、河を泳いで会いにいったと書いてあったが、着物は、どうしたのだろうね。まさか、裸ではなかろう。」

「そうですね。」青年たちも、考えた。「海水着じゃないでしょうか。」

「頭の上に着物を載せて、むすびつけて、そうして泳いでいったのかな？」

　青年たちは、笑った。

「それとも、着物のままはいって、ずぶ濡《ぬ》れの姿で貴公子と会って、ふたりでストオヴでかわかしたのかな？　そうすると、帰るときには、どうするだろう。せっかく、かわかした着物を、またずぶ濡れにして、泳がなければいけない。心配だね。貴公子のほうで泳いで来ればいいのに。男なら、猿股《さるまた》一つで泳いでも、そんなにみっともなくないからね。貴公子、鉄鎚《かなづち》だったのかな？」

「いや、令嬢のほうで、たくさん惚《ほ》れていたからだと思います。」新田は、まじめだった。

「そうかもしれないね。外国の物語の令嬢は、勇敢で、かわいいね。好きだとなったら、河を泳いでまで会いに行くんだからな。日本では、そうはいかない。なんとかいう芝居があるじゃないか。まんなかに川が流れて、両方の岸で男と姫君とが、愁嘆し

32 三島　静岡県三島市。33 モウパスサン　モーパッサン　Guy de Maupassant　一八五〇―九三年。フランスの小説家。自然主義を代表する作家の一人。

ている芝居が。あんなとき、なにも姫君、愁嘆する必要がない。泳いでゆけば、どんなものだろう。芝居で見ると、とても狭い川なんだ。じゃぶじゃぶ渡っていったら、どんなもんだろう。あんな愁嘆なんて、意味ないね。同情しないよ。朝顔の大井川[34]は、あれは大水で、それに朝顔は、めくらの身なんだし、あれには多少、同情するが、けれども、あれだって、泳いで泳げないことはない。大井川の棒杭《ぼうくい》にしがみついて、天道さまを、うらんでいたんじゃ、意味ないよ。あ、ひとりあるよ。日本にも、勇敢なやつが、ひとりあったぞ。あいつは、すごい。知ってるかい？」

「ありますか。」青年たちも、眼《め》を輝かせた。

「清姫[35]。安珍を追いかけて、日高川[36]を泳いだ。泳ぎまくった。あいつは、すごい。ものの本によると、清姫は、あのとき十四だったんだってね。」

路《みち》を歩きながら、ばかな話をして、まちはずれの田辺の知り合いらしい、ひっそり古い宿屋に着いた。

そこで飲んで、その夜の富士がよかった。夜の十時ごろ、青年たちは、私ひとりを宿に残して、おのおの家へ帰っていった。私は、眠れず、どてら姿で、外へ出てみた。おそろしく、明るい月夜だった。富士が、よかった。月光を受けて、青く透きとおるようで、私は、狐《きつね》に化かされているような気がした。富士が、したたるように青いのだ。燐《りん》[37]が燃えているような感じだった。鬼火。狐火。ほたる。すすき。葛《くず》の葉。私は、足のないような気持ちで、夜道を、まっすぐに歩いた。下駄の音だけが、自分のものでないように、他の生きもののように、からんころんからんころん、とても澄んで響く。そっと、振りむくと、富士がある。青く燃えて空に浮かんでいる。私は溜《た》め息をつく。維新の志士[38]。鞍馬天狗《くらまてんぐ》[39]。私は、自分を、それだと思った。ちょっと気取って、ふところ手して歩いた。ずいぶん自分が、いい男のように思われた。ずいぶん歩いた。財布を落とした。五十銭銀貨が二十枚くらいはいっていたので、重すぎて、それで懐からするっと脱け落ちたのだろう。私は、不思議に平気だった。金がなかったら、御坂まで歩いて帰ればいい。そのまま歩いた。ふと、いま来た路を、そのとおりに、も

34 **朝顔** 浄瑠璃《じょうるり》の「生写《しょううつし》朝顔話《あさがおばなし》」。深雪《みゆき》と宮城《みやぎ》阿曾次郎《あそじろう》の悲恋物語。昔の恋人であった阿曾次郎を追って、深雪が大井川に至るが、大水で渡れずに入水しようとする。35 **清姫** 道成寺《どうじょうじ》伝説における登場人物。愛を誓った旅の僧、安珍《あんちん》に裏切られた清姫が、蛇の姿になって安珍を追いかけ、道成寺に至る。36 **日高川** 和歌山県中部を流れる川。37 **燐** 窒素族元素のひとつ。黄燐は、空気中に置くと自然発火する。38 **維新の志士** 明治維新の際、国家のために献身しようと力を尽くした人。39 **鞍馬天狗** 大佛次郎《おさらぎじろう》（一八九七―一九七三年）の時代小説。幕末を舞台に鞍馬天狗を名乗る勤王の志士が活躍する物語。一九二七年、嵐寛寿郎《あらしかんじゅうろう》主演により映画化された。

ういちど歩けば、財布はある、ということに気がついた。懐手のまま、ぶらぶら引きかえした。富士。月夜。維新の志士。財布を落とした。興あるロマンスだと思った。財布は路のまんなかに光っていた。あるにきまっている。私は、それを拾って、宿へ帰って、寝た。

富士に、化かされたのである。私は、あの夜、阿呆《あほう》であった。完全に、無意志であった。あの夜のことを、いま思い出しても、へんに、だるい。

吉田に一泊して、あくる日、御坂へ帰ってきたら、茶店のおかみさんは、にやにや笑って、十五の娘さんは、つんとしていた。私は、不潔なことをしてきたのではないということを、それとなく知らせたく、きのう一日の行動を、聞かれもしないのに、ひとりでこまかに言いたてた。泊まった宿屋の名前、吉田のお酒の味、月夜富士、財布を落としたこと、みんな言った。娘さんも、機嫌が直った。

「お客さん！　起きて見よ！」かん高い声である朝、茶店の外で、娘さんが絶叫したので、私は、しぶしぶ起きて、廊下へ出てみた。

娘さんは、興奮して頬をまっかにしていた。だまって空を指さした。見ると、雪。はっと思った。富士に雪が降ったのだ。山頂が、まっしろに、光りかがやいていた。

御坂の富士も、ばかにできないぞと思った。

「いいね。」

　とほめてやると、娘さんは得意そうに、

「すばらしいでしょう？」といい言葉使って、「御坂の富士は、これでも、だめ？」としゃがんで言った。私が、かねがね、こんな富士は俗でだめだ、と教えていたので、娘さんは、内心しょげていたのかもしれない。

「やはり、富士は、雪が降らなければ、だめなものだ。」もっともらしい顔をして、私は、そう教えなおした。

私は、どてら着て山を歩きまわって、月見草[40]の種を両の手のひらにいっぱいとってきて、それを茶店の背戸[41]に播《ま》いてやって、

「いいかい、これは僕の月見草だからね、来年また来て見るのだからね、ここへお洗濯の水なんか捨てちゃいけないよ。」娘さんは、うなずいた。

40 **月見草**　ここは、マツヨイグサのこと。夏の夕方に黄色い花を開く。　41 **背戸**　家の裏口。また、裏門。

月見草

　ことさらに、月見草を選んだわけは、富士には月見草がよく似合うと、思い込んだ事情があったからである。御坂峠のその茶店は、いわば山中の一軒家であるから、郵便物は、配達されない。峠の頂上から、バスで三十分ほどゆられて峠の麓、河口湖畔の、河口村[42]という文字どおりの寒村にたどり着くのであるが、その河口村の郵便局に、私宛ての郵便物が留め置かれて、私は三日に一度くらいの割で、その郵便物を受け取りに出かけなければならない。天気の良い日を選んで行く。ここのバスの女車掌は、遊覧客のために、格別風景の説明をしてくれない。それでもときどき、思い出したように、はなはだ散文的な口調で、あれが三ツ峠、向こうが河口湖、わかさぎ[43]という魚がいます、など、もの憂そうな、呟きに似た説明をして聞かせることもある。

　河口局から郵便物を受け取り、またバスにゆられて峠の茶屋に引き返す途中、私のすぐとなりに、濃い茶色の被布《ひふ》[44]を着た青白い端正の顔の、六十歳くらい、私の母とよく似た老婆がしゃんと座っていて、女車掌が、思い出したように、みなさん、きょうは富士がよく見えますね、と説明ともつかず、また自分ひとりの詠嘆ともつかぬ言葉を、突然言い出して、リュックサックしょった若いサラリイマンや、大きい日本髪ゆって、口もとを大事にハンケチでおおいかくし、絹物まとった芸者風の女など、からだをねじ曲げ、いっせいに車窓から首を出して、いまさらのごとく、その変哲もない三角の山を眺めては、やあ、とか、まあ、とか間抜けた嘆声を発して、車内はひとしきり、ざわめいた。けれども、私のとなりの御隠居は、胸に深い憂悶《ゆうもん》でもあるのか、他の遊覧客とちがって、富士には一瞥《いちべつ》も与えず、かえって富士と反対側の、山路に沿った断崖をじっと見つめて、私にはそのさまが、からだがしびれるほど快く感ぜられ、私もまた、富士なんか、あんな俗な山、見たくもないという、高尚な虚無の心を、その老婆に見せてやりたく思って、あなたのお苦しみ、わびしさ、みなよくわかる、と頼まれもせぬのに、共鳴の素振りを見せてあげたく、老婆に甘えかかるように、そっとすり寄って、老婆とおなじ姿勢で、ぼんやり崖の方を、眺めてやった。

老婆も何かしら、私に安心していたところがあったのだろう、ぼんやりひとこと、

「おや、月見草。」

そう言って、細い指でもって、路傍の一箇所をゆびさした。さっと、バスは過ぎてゆき、私の目には、いま、ちらとひとめ見た黄金色の月見草の花ひとつ、花弁もあざ

42 河口村　現在の山梨県南都留郡富士河口湖町。　43 わかさぎ　体長約一五センチメートルの冷水魚。冬の氷上の穴釣りが有名。　44 被布　着物の上にはおる、羽織に似た外衣。女性の和装用コート。

やかに消えず残った。
[45]三七七八メートルの富士の山と、立派に相対峙《あいたいじ》し、みじんもゆるがず、なんと言うのか、[46]金剛力草とでも言いたいくらい、けなげにすっくと立っていたあの月見草は、よかった。富士には、月見草がよく似合う。
十月のなかば過ぎても、私の仕事は遅々として進まぬ。人が恋しい。夕焼け赤き雁《かん》[47]の腹雲《はらぐも》、二階の廊下で、ひとり煙草を吸いながら、わざと富士には目もくれず、それこそ血の滴るような真っ赤な山の紅葉を、凝視していた。茶店のまえの落ち葉を掃きあつめている茶店のおかみさんに、声をかけた。

「おばさん！　あしたは、天気がいいね。」

自分でも、びっくりするほど、うわずって、歓声にも似た声であった。おばさんは箒《ほうき》の手をやすめ、顔をあげて、不審げに眉をひそめ、

「あした、何かおありなさるの？」

そう聞かれて、私は窮した。

「なにもない。」

おかみさんは笑い出した。

「おさびしいのでしょう。山へでもおのぼりになったら?」

「山は、のぼっても、すぐまた降りなければいけないのだから、つまらない。どの山へのぼっても、おなじ富士山が見えるだけで、それを思うと、気が重くなります。」

私の言葉が変だったのだろう。おばさんはただ曖昧にうなずいただけで、また枯れ葉を掃いた。

寝るまえに、部屋のカーテンをそっとあけてガラス窓越しに富士を見る。月のある夜は富士が青白く、水の精みたいな姿で立っている。私は溜め息をつく。ああ、富士が見える。星が大きい。あしたは、お天気だな、とそれだけが、幽《かす》かに生きている喜びで、そうしてまた、そっとカーテンをしめて、そのまま寝るのであるが、あした、天気だからとて、別段この身には、なんということもないのに、と思えば、おかしく、ひとりで布団の中で苦笑するのだ。くるしいのである。仕事が、――純粋に運筆する

45 三七七八メートル　一八八七年に測量された際は三七七八メートルであったが、一九二六年に再測量され三七七六メートルに訂正された。46 金剛力　金剛力士のように非常に強大な力。47 雁の腹雲　雁の羽毛のような雲。巻雲。山梨県大月市に雁が腹をするようにその頂を越えていったという雁ケ《がんが》腹摺山《はらすりやま》という富士眺望の名所があり、この山から着想を得た表現か。同山から見た富士山は五百円札裏面のデザインとして有名。

ことの、その苦しさよりも、いや、運筆はかえって私の楽しみでさえあるのだが、そのことではなく、私の世界観、芸術というもの、あすの文学というもの、いわば、新しさというもの、私はそれらについて、まだぐずぐず、思い悩み、誇張ではなしに、身悶《みもだ》えしていた。

素朴な、自然のもの、したがって簡潔な鮮明なもの、そいつをさっと一挙動でつかまえて、そのままに紙にうつしとること、それよりほかにはないと思い、そう思うときには、眼前の富士の姿も、別な意味をもって目にうつる。この姿は、この表現は、結局、私の考えている「単一表現」の美しさなのかもしれない、と少し富士に妥協しかけて、けれどもやはりどこかこの富士の、あまりにも棒状の素朴には閉口しているところもあり、これがいいなら、ほていさま[48]の置き物だっていいはずだ、ほていさまの置き物は、どうにも我慢できない、あんなもの、とても、いい表現とは思えない、この富士の姿も、やはりどこか間違っている、これは違う、と再び思いまどうのである。

朝に、夕に、富士を見ながら、陰鬱な日を送っていた。十月の末に、麓の吉田のまちの、遊女の一団体が、御坂峠へ、おそらくは年に一度くらいの開放の日なのであろう、自動車五台に分乗してやって来た。私は二階から、そのさまを見ていた。自動車からおろされて、色さまざまの遊女たちは、バスケットからぶちまけられた一群の伝書鳩《でんしょばと》のように、はじめは歩く方向を知らず、ただかたまってうろうろして、沈黙のまま押し合い、へし合いしていたが、やがてそろそろ、その異様の緊張がほどけて、てんでにぶらぶら歩きはじめた。茶店の店頭に並べられてある絵葉書を、おとなしく選んでいるもの、佇《たたず》んで富士を眺めているもの、暗く、わびしく、見ちゃおれない風景であった。二階のひとりの男の、いのち惜しまぬ共感も、これら遊女の幸福に関しては、なんの加えるところがない。私は、ただ、見ていなければならぬのだ。苦しむものは苦しめ。落ちるものは落ちよ。私に関係したことではない。それが世の中だ。そう無理につめたく装い、かれらを見下ろしているのだが、私は、かなり苦しかった。

　富士にたのもう。突然それを思いついた。おい、こいつらを、よろしく頼むぜ、そんな気持ちで振り仰げば、寒空のなか、のっそり突っ立っている富士山、そのときの富士はまるで、どてら姿に、ふところ手して傲然とかまえている大親分のようにされ

48 ほていさま　七福神の一つ。腹が大きく円満な顔立ちをしている。

見えたのであるが、私は、そう富士に頼んで、大いに安心し、気軽くなって茶店の六歳の男の子と、ハチというむく犬を連れ、その遊女の一団を見捨てて、峠のちかくのトンネルの方へ遊びに出かけた。トンネルの入口のところで、三十歳くらいの痩せた遊女が、ひとり、何かしらつまらぬ草花を、だまって摘み集めていた。私たちがそばを通っても、ふりむきもせず熱心に草花をつんでいる。この女のひとのことも、ついでに頼みます、とまた振り仰いで富士にお願いしておいて、私は子供の手をひき、とっとと、トンネルの中にはいって行った。トンネルの冷たい地下水を、頰に、首筋に、滴々と受けながら、おれの知ったことじゃない、とわざと大股に歩いてみた。

そのころ、私の結婚の話も、一頓挫《とんざ》のかたちであった。私のふるさとからは、全然、助力が来ないということが、はっきりわかってきたので、私は困ってしまった。せめて百円くらいは、助力してもらえるだろうと、虫のいい、ひとりぎめをして、それでもって、ささやかでも、厳粛な結婚式を挙げ、あとの、世帯を持つに当たっての費用は、私の仕事でかせいで、しようと思っていた。けれども、二、三の手紙の往復により、うちから助力は、全くないということが明らかになって、私は、途方にくれていたのである。このうえは、縁談ことわられても仕方がない、と覚悟をきめ、とにかく先方へ、事の次第を洗いざらい言ってみよう、と私は単身、峠を下り、甲府の娘さんのお家へお伺いした。さいわい娘さんも、家にいた。私は客間に通され、娘さんと母堂と二人を前にして、悉皆《しっかい》の事情を告白した。ときどき演説口調になって、閉口した。けれども、割に素直に語りつくしたように思われた。娘さんは、落ちついて、

「それで、おうちでは、反対なのでございましょうか。」と、首をかしげて私にたずねた。

「いいえ、反対というのではなく、」私は右の手のひらを、そっと卓の上に押し当て、「おまえひとりで、やれ、という具合らしく思われます。」

「結構でございます。」母堂は、品よく笑いながら、「私たちも、ごらんのとおりお金持ちではございませぬし、ことごとしい式などは、かえって当惑するようなもので、ただ、あなたおひとり、愛情と、職業に対する熱意さえ、お持ちならば、それで私たち、結構でございます。」

私は、お辞儀するのも忘れて、しばらく呆然《ぼうぜん》と庭を眺めていた。眼の熱いのを意識した。この母に、孝行しようと思った。

帰りに、娘さんは、バスの発着所まで送ってきてくれた。歩きながら、

「どうです。もう少し交際してみますか？」

きざなことを言ったものである。

「いいえ。もう、たくさん。」娘さんは、笑っていた。

「なにか、質問ありませんか？」いよいよ、ばかである。

「ございます。」

私は何を聞かれても、ありのまま答えようと思っていた。

「富士山には、もう雪が降ったでしょうか。」

私は、その質問には拍子抜けがした。

「降りました。いただきのほうに、——。」と言いかけて、ふと前方を見ると、富士が見える。へんな気がした。

「なあんだ。甲府からでも、富士が見えるじゃないか。ばかにしていやがる。」やくざな口調になってしまって、「いまのは、愚問です。ばかにしていやがる。」

娘さんは、うつむいて、くすくす笑って、

「だって、御坂峠にいらっしゃるのですし、富士のことでもお聞きしなければ、わるいと思って。」

おかしな娘さんだと思った。

甲府から帰ってくると、やはり、呼吸ができないくらいにひどく肩が凝っているのを覚えた。

「いいねえ、おばさん。やっぱし御坂は、いいよ。自分のうちに帰ってきたような気さえするのだ。」

夕食後、おかみさんと、娘さんと、交《か》わる交《が》わる、私の肩をたたいてくれる。おかみさんの拳《こぶし》は固く、鋭い。娘さんのこぶしは柔らかく、あまり効きめがない。もっと強く、もっと強くと私に言われて、娘さんは薪《まき》を持ち出し、それでもって私の肩をとんとん叩《たた》いた。それほどにしてもらわなければ、肩の凝りがとれないほど、私は甲府で緊張し、一心に努めたのである。

甲府へ行ってきて、二、三日、さすがに私はぼんやりして、仕事する気も起こらず、机のまえに座って、とりとめのないらくがきをしながら、バット[49]を七箱も八箱も吸い、また寝ころんで、金剛石も磨かずば[50]、という唱歌を、繰り返し繰り返し歌ってみたり

49 バット　ゴールデンバット。最も安価なタバコの銘柄。50 金剛石も磨かずば　戦前の小学校唱歌「金剛石」の一節。ダイヤモンドも磨かなければ光らないように、人間もたゆまず努力すべきである、という内容の歌詞。

しているばかりで、小説は、一枚も書きすすめることができなかった。

「お客さん。甲府へ行ったら、わるくなったわね。」

朝、私が机に頰杖つき、目をつぶって、さまざまのこと考えていたら、私の背後で、床の間ふきながら、十五の娘さんは、しんからいまいましそうに、多少、とげとげしい口調で、そう言った。私は、振りむきもせず、

「そうかね。わるくなったかね。」

娘さんは、拭き掃除の手を休めず、

「ああ、わるくなった。この二、三日、ちっとも勉強すすまないじゃないの。あたしは毎朝、お客さんの書き散らした原稿用紙、番号順にそろえるのが、とっても、たのしい。たくさんお書きになっていれば、うれしい。ゆうべもあたし、二階へそっと様子を見にきたの、知ってる？　お客さん、ふとん頭からかぶって、寝てたじゃないか。」

私は、ありがたいことだと思った。大袈裟《おおげさ》な言いかたをすれば、これは人間の生き抜く努力に対しての、純粋な声援である。なんの報酬も考えていない。私は、娘さんを、美しいと思った。

十月末になると、山の紅葉も黒ずんで、汚くなり、とたんに一夜あらしがあって、みるみる山は、真っ黒い冬木立に化してしまった。遊覧の客も、いまはほとんど、数えるほどしかない。茶店もさびれて、ときたま、おかみさんが、六つになる男の子を連れて、峠のふもとの船津[51]、吉田に買い物をしに出かけて行って、あとには娘さんひとり、遊覧の客もなし、一日中、私と娘さんと、ふたりきり、峠の上で、ひっそり暮らすことがある。私が二階で退屈して、外をぶらぶら歩きまわり、茶店の背戸で、お洗濯している娘さんのそばへ近寄り、

「退屈だね。」

と大声で言って、ふと笑いかけたら、娘さんはうつむき、私がその顔を覗《のぞ》いてみて、はっと思った。泣きべそかいているのだ。あきらかに恐怖の情である。そうか、とにがにがしく私は、くるりと回れ右して、落ち葉しきつめた細い山路を、まったくいやな気持ちで、どんどん荒く歩きまわった。

それからは、気をつけた。娘さんひとりきりのときには、なるべく二階の室から出

51 船津　山梨県南都留郡富士河口湖町にある地名。

ないようにつとめた。茶店にお客でも来たときには、私がその娘さんを守る意味もあり、のしのし二階から降りていって、茶店の一隅に腰をおろしゆっくりお茶を飲むのである。いつか花嫁姿のお客が、[52]紋付きを着た爺《じい》さんふたりに付き添われて、自動車に乗ってやって来て、この峠の茶屋でひと休みしたことがある。そのときも、娘さんひとりしか茶店にいなかった。私は、やはり二階から降りていって、隅の椅子に腰をおろし、煙草をふかした。花嫁は裾模様の長い着物を着て、[53]金襴《きんらん》の帯を背負い、[54]角隠《つのかく》しつけて、堂々正式の礼装であった。全く異様のお客様だったので、娘さんもどうあしらいしていいのかわからず、花嫁さんと、二人の老人にお茶をついでやっただけで、私の背後にひっそり隠れるように立ったまま、だまって花嫁のさまを見ていた。一生にいちどの晴れの日に、――峠の向こう側から、反対側の船津か、吉田のまちへ嫁入りするのであろうが、その途中、この峠の頂上で一休みして、富士を眺めるということは、はたで見ていても、くすぐったいほど、ロマンチックで、そのうちに花嫁は、そっと茶店から出て、茶店のまえの崖のふちに立ち、ゆっくり富士を眺めた。脚をX形に組んで立っていて、大胆なポオズであった。余裕のあるひとだな、となおも花嫁を、富士と花嫁を、私は観賞していたのであるが、間もなく花嫁は、富士に向かって、大きな欠伸《あくび》をした。

「あら！」

と背後で、小さい叫びを挙げた。娘さんも、素早くその欠伸を見つけたらしいのである。やがて花嫁の一行は、待たせておいた自動車に乗り、峠を降りていったが、あとで花嫁さんは、さんざんだった。

「慣れていやがる。あいつは、きっと二度目、いや、三度目くらいだよ。おむこさんが、峠の下で待っているだろうに、自動車から降りて、富士を眺めるなんて、はじめてのお嫁だったら、そんな太いこと、できるわけがない。」

「欠伸したのよ。」娘さんも、力こめて賛意を表した。「あんな大きい口あけて欠伸して、図々しいのね。お客さん、あんなお嫁さんもらっちゃ、いけない。」

私は年甲斐《としがい》もなく、顔を赤くした。私の結婚の話も、だんだん好転していって、ある先輩に、すべてお世話になってしまった。結婚式も、ほんの身内の二、三のひとにだけ立ち合ってもらって、まずしくとも厳粛に、その先輩のお宅で、していただける

52 紋付き　家紋をつけた着物。正装。　53 金襴　織物の一種。厚手の絹織物に金糸で模様を織り出している。
54 角隠し　婚礼の際に、和装の花嫁がかぶるもの。

ようになって、私は人の情けに、少年のごとく感奮していた。

十一月にはいると、もはや御坂の寒気、堪えがたくなった。茶店では、ストオヴを備えた。

「お客さん、二階はお寒いでしょう。お仕事のときは、ストオヴのそばでなさったら。」と、おかみさんは言うのであるが、私は、人の見ているまえでは、仕事のできないたちなので、それは断った。おかみさんは心配して、峠の麓の吉田へ行き、炬燵《こたつ》をひとつ買ってきた。私は二階の部屋でそれにもぐって、この茶店の人たちの親切には、しんからお礼を言いたく思って、けれども、もはやその全容の三分の二ほど、雪をかぶった富士の姿を眺め、また近くの山々の、[55]蕭条《しょうじょう》たる冬木立に接しては、これ以上、この峠で、皮膚を刺す寒気に辛抱していることも無意味に思われ、山を下りることに決意した。山を下りる、その前日、私は、どてらを二枚かさねて着て、茶店の椅子に腰かけて、熱い番茶を啜《すす》っていたら、冬の[56]外套《がいとう》着た、[57]タイピストでもあろうか、若い知的の娘さんがふたり、トンネルの方から、何かきゃっきゃっ笑いながら歩いてきて、ふと眼前に真っ白い富士を見つけ、打たれたように立ち止まり、それから、ひそひそ相談の様子で、そのうちのひとり、眼鏡かけた、色の白い子が、にこにこ笑いながら、私のほうへやって来た。

「あいすみません。シャッタア切ってくださいな。」

私は、へどもどした。私は機械のことには、あまり明るくないのだし、写真の趣味は皆無であり、しかも、どてらを二枚もかさねて着ていて、茶店の人たちさえ、山賊みたいだ、といって笑っているような、そんなむさくるしい姿でもあり、たぶんは東京の、そんな華やかな娘さんから、[58]ハイカラの用事を頼まれて、内心ひどく狼狽したのである。けれども、また思い直し、こんな姿はしていても、やはり、見る人が見れば、どこかしら、きゃしゃな俤《おもかげ》もあり、写真のシャッタアくらい器用に手さばきできるほどの男に見えるのかもしれない、などと少し浮き浮きした気持ちも手伝い、私は平静を装い、娘さんの差し出すカメラを受け取り、なにげなさそうな口調で、シャッタアの切りかたをちょっとたずねてみてから、わななきわななき、レンズをのぞいた。まんなかに大きい富士、その下に小さい、[59]罌粟《けし》の花ふたつ。ふたり

55 蕭条　ひっそりともの寂しいさま。56 外套　防寒用の服。オーバーコート。57 タイピスト　タイプライターで文書作成をする人。当時の女性の新しい職業。58 ハイカラ　西洋風な。目新しい。59 罌粟　初夏に紅・紫・白色の大形の花弁の花を開く。

罌粟

揃《そろ》いの赤い外套を着ているのである。ふたりはひしと抱き合うように寄り添い、屹《き》っとまじめな顔になった。私は、おかしくてならない。カメラ持つ手がふるえて、どうにもならぬ。笑いをこらえて、レンズをのぞけば、罌粟の花、いよいよ澄まして、固くなっている。どうにも狙いがつけにくく、私は、ふたりの姿をレンズから追放して、ただ富士山だけを、レンズいっぱいにキャッチして、富士山、さようなら、お世話になりました。パチリ。

「はい、うつりました。」

「ありがとう。」

ふたり声をそろえてお礼を言う。うちへ帰って現像してみたときには驚くだろう。富士山だけが大きく大きく写っていて、ふたりの姿はどこにも見えない。

その明くる日に、山を下りた。まず、甲府の安宿に一泊して、その明くる朝、安宿の廊下の汚い欄干によりかかり、富士を見ると、甲府の富士は、山々のうしろから、三分の一ほど顔を出している。[60]酸漿《ほおずき》に似ていた。

酸漿

60　酸漿　夏に淡黄白色の花が咲いた後、がくが大きくなって果実を包み、初秋、果実が熟して赤く色づく。

猿《さる》ケ《が》島《しま》

発表――一九三五（昭和一〇）年
高校国語教科書初出――一九六七（昭和四二）年
日本書院『高等学校現代国語1』

はるばると海を越えて、この島に着いたときの私の憂愁を思いたまえ。夜なのか昼なのか、島は深い霧に包まれて眠っていた。私は眼《め》をしばたたいて、島の全貌を見すかそうと努めたのである。裸の大きい岩が急な勾配を作っていくつもいくつも積みかさなり、ところどころに洞窟のくろい口のあいているのがおぼろに見えた。これは山であろうか。一本の青草もない。

私は岩山の岸に沿うてよろよろと歩いた。あやしい呼び声がときどき聞こえる。さほど遠くからでもない。狼《おおかみ》であろうか。熊であろうか。しかし、ながい旅路の疲れから、私はかえって大胆になっていた。私はこういう咆哮《ほうこう》をさえ気にかけず島をめぐり歩いたのである。

私は島の単調さに驚いた。歩いても歩いても、こつこつの固い道である。右手は岩山であって、

「猿ヶ島」を収録した太宰最初の単行本『晩年』の口絵

すぐ左手には粗い胡麻石《ごまいし》[1]がほとんど垂直にそそり立っているのだ。そのあいだに、いま私の歩いているこの道が、六尺[2]ほどの幅で、坦々《たんたん》とつづいている。道のつきるところまで歩こう。言うすべもない混乱と疲労から、なにものも恐れぬ勇気を得ていたのである。

ものの半里[3]も歩いたろうか。私は、再びもとの出発点に立っていた。私は道が岩山をぐるっとめぐってついてあるのを了解した。おそらく、私はおなじ道を二度ほどめぐったにちがいない。私は島が思いのほかに小さいのを知った。

霧は次第にうすらぎ、山のいただきが私のすぐ額のうえにのしかかって見えだした。峯《みね》が三つ。まんなかの円い峯は、高さが三、四丈[4]もあるであろうか。様々の色をしたひらたい岩で畳まれ、その片側の傾斜がゆるく流れて隣の小さくとがった峯へ伸び、もう一方の側の傾斜は、けわしい断崖をなしてその峯の中腹あたりにまで滑り落ち、それからまたふくらみがむくむく起こって、ひろい丘になっている。断崖と丘のはざまから、細い滝がひとすじ流れ出ていた。滝の付近の岩はもちろん、島全体が濃い霧のためにあおぐろく濡《ぬ》れているのである。木が二本見える。滝口に、一本。樫《かし》に似たのが。丘の上にも、一本。えたいの知れぬふとい木が。そうして、いずれも枯れている。

私はこの荒涼の風景を眺めて、しばらくぼんやりしていた。霧はいよいようすらいで、日の光がまんなかの峯にさし始めた。霧にぬれた峯は、かがやいた。朝日だ。それが朝日であるか、夕日であるか、私にはその香気でもって識別することができるのだ。それでは、いまは夜明けなのか。

私は、いくぶんすがすがしい気持ちになって、山をよじ登ったのである。見た目には、けわしそうでもあるが、こうして登ってみると、きちんきちんと足だまりができていて、さほど難渋でない。とうとう滝口にまで這《は》いのぼった。

ここには朝日がまっすぐに当たり、なごやかな風さえ頬に感ぜられるのだ。私は樫に似た木の傍らへ行って、腰をおろした。これは、ほんとうに樫であろうか、それとも楢《なら》か樅《もみ》であろうか。私は梢《こずえ》までずっと見あげたのである。枯れた細い枝が五、六本、空にむかい、手ぢかなところにある枝は、たいていぶざまにへし折られていた。のぼってみようか。

1 胡麻石 花崗《かこう》岩。 2 尺 長さの単位。一尺は、約三〇センチメートル。 3 里 距離の単位。一里は、約四キロメートル。 4 丈 長さの単位。一丈は、一〇尺。約三メートル。

ふぶきのこえ
　われをよぶ
風の音であろう。私はするするのぼり始めた。
　とらわれの
　われをよぶ
気疲れがひどいと、さまざまな歌声がきこえるものだ。私は梢にまで達した。梢の枯れ枝を二、三度ばさばさゆすぶってみた。
　いのちともしき
　われをよぶ
足だまりにしていた枯れ枝がぽきっと折れた。不覚にも私は、ずるずる幹づたいに滑り落ちた。
「折ったな。」
その声を、つい頭の上で、はっきり聞いた。私は幹にすがって立ちあがり、うつろな目で声のありかを捜したのである。ああ。戦慄が私の背を走る。朝日を受けて金色にかがやく断崖を一匹の猿がのそのそと降りてくるのだ。私のからだの中でそれまで眠らされていたものが、いちどにきらっと光り出した。

「降りてこい。枝を折ったのはおれだ。」

「それは、おれの木だ。」

崖を降りつくした彼は、そう答えて滝口のほうへ歩いてきた。私は身構えた。彼はまぶしそうに額へたくさんの皺《しわ》をよせて、私の姿をじろじろ眺め、やがて、まっ白い歯をむきだして笑った。笑いは私をいらだたせた。

「おかしいか。」

「おかしい。」彼は言った。「海を渡ってきたろう。」

「うん。」私は滝口からもくもく湧いて出る波の模様を眺めながらうなずいた。せまい苦しい箱の中で過ごしたながい旅路を回想したのである。

「なんだか知れぬが、おおきい海を。」

「うん。」また、うなずいてやった。

「やっぱり、おれと同じだ。」

彼はそう呟《つぶや》き、滝口の水を掬《すく》って飲んだ。いつの間にか、私たちは並んで座っていたのである。

「ふるさとが同じなのさ。一目、見ると判《わか》る。おれたちの国のものは、みんな耳が光っているのだよ。」

彼は私の耳を強くつまみあげた。私は怒って、彼のそのいたずらした右手をひっ掻《か》いてやった。それから私たちは顔を見合わせて笑った。私は、なにやらくつろいだ気分になっていたのだ。

けたたましい叫び声がすぐ身ぢかで起こった。おどろいて振りむくと、ひとむれの尾の太い毛むくじゃらな猿が、丘のてっぺんに陣どって私たちへ吠《ほ》えかけているのである。私は立ちあがった。

「よせ、よせ。こっちへ手むかっているのじゃないよ。ほえざるという奴《やつ》さ。毎朝あんなにして太陽に向かって吠えたてるのだ。」

私はぼう然と立ちつくした。どの山の峯にも、猿がいっぱいにむらがり、背をまるくして朝日を浴びているのである。

「これは、みんな猿か。」

私は夢みるようであった。

「そうだよ。しかし、おれたちとちがう猿だ。ふるさとがちがうのさ。」

私は彼等《かれら》を一匹一匹たんねんに眺め渡した。ふさふさした白い毛を朝風に吹かせながら子猿に乳を飲ませている者。赤い大きな鼻を空にむけてなにかしら歌っている者。縞《しま》のみごとな尾を振りながら日光のなかでつるんでいる者。しかめつらをして、せわしげにあちこちと散歩している者。

私は彼に囁《ささや》いた。

「ここは、どこだろう。」

彼は慈悲ふかげな眼《まな》ざしで答えた。

「おれも知らないのだよ。しかし、日本ではないようだ。」

「そうか。」私は溜《た》め息をついた。「でも、この木は木曽樫《きそかし》のようだが。」

彼は振りかえって枯れ木の幹をぴたぴたと叩《たた》き、ずっと梢を見あげたのである。

「そうでないよ。枝の生えかたがちがうし、それに、木肌の日の反射のしかただって鈍いじゃないか。もっとも、芽が出てみないと判らぬけれど。」

私は立ったまま、枯れ木へ寄りかかって彼に尋ねた。

「どうして芽が出ないのだ。」

「春から枯れているのさ。おれがここへ来たときにも枯れていた。あれから、四月、五月、六月、と三つきも経《た》っているが、しなびていくだけじゃないか。これは、ことによったら挿木《さしき》でないかな。根がないのだよ、きっと。あっちの木は、もっとひどいよ。奴等のくそだらけだ。」

そう言って彼は、ほえざるの一群を指さした。ほえざるは、もう啼《な》きやんでいて、島は割合に平静であった。

「座らないか。話をしよう。」

私は彼にぴったりくっついて座った。

「ここは、いいところだろう。この島のうちでは、ここがいちばんいいのだよ。日が当たるし、木があるし、おまけに、水の音が聞こえるし。」彼は脚下の小さい滝を満足げに見おろしたのである。「おれは、日本の北方の海峡ちかくに生まれたのだ。夜になると波の音が幽《かす》かにどぶんどぶんと聞こえたよ。波の音って、いいものだな。なんだかじわじわ胸をそそるよ。」

私もふるさとのことを語りたくなった。

「おれには、水の音よりも木がなつかしいな。日本の中部の山の奥の奥で生まれたものだから。青葉の香りはいいぞ。」

「それあ、いいさ。みんな木をなつかしがっているよ。だから、この島にいる奴は誰にしたって、一本でも木のあるところに座りたいのだよ。」言いながら彼は股の毛をわけて、深い赤黒い傷跡をいくつも私に見せた。「ここをおれの場所にするのに、こんな苦労をしたのさ。」

私は、この場所から立ち去ろうと思った。「おれは、知らなかったものだから。」

「いいのだよ。構わないのだよ。おれは、ひとりぼっちなのだ。いまから、ここをふたりの場所にしてもいい。だが、もう枝を折らないようにしろよ。」

霧はまったく晴れ渡って、私たちのすぐ目のまえに、異様な風景が現出したのである。青葉。それがまず私の目にしみた。私には、いまの季節がはっきり分かった。ふるさとでは、椎《しい》の若葉が美しい頃なのだ。私は首をふりふりこの並木の青葉を眺めた。しかし、そういう陶酔も瞬時に破れた。私はふたたび驚愕《きようがく》の目を見はったのである。青葉の下には、水を打った砂利道が涼しげに敷かれていて、白いよそおいをした瞳の青い人間たちが、流れるようにぞろぞろ歩いている。まばゆい鳥の羽を頭につけた女もいた。蛇の皮のふとい杖《つえ》をゆるやかに振って右左に微笑を送る男もいた。

彼は私のわななく胴体をつよく抱き、口早に囁いた。

「おどろくなよ。毎日こうなのだ。」

「どうなるのだ。みんなおれたちを狙っている。」山で捕われ、この島につくまでの私のむざんな経歴が思い出され、私は下唇を嚙《か》みしめた。

「見せ物だよ。おれたちの見せ物だよ。だまって見ていろ。おもしろいこともあるよ。」

彼はせわしげにそう教えて、片手ではなおも私のからだを抱きかかえ、もう一方の手であちこちの人間を指さしつつ、ひそひそ物語って聞かせたのである。あれは人妻と言って、亭主のおもちゃになるか、亭主の支配者になるか、ふたとおりの生きかたしか知らぬ女で、もしかしたら人間の臍《へそ》というものが、あんな形であるかもしれぬ。あれは学者と言って、死んだ天才にめいわくな注釈をつけ、生まれる天才をたしなめながらめしを食っているおかしな奴だが、おれはあれを見るたびに、なんとも知れず眠たくなるのだ。あれは女優と言って、舞台にいるときよりも素顔でいるときのほうが芝居の上手な婆《ばばあ》で、おおお、またおれの奥の虫歯がいたんできた。あれは地主と言って、自分もまた労働しているとしじゅう弁明ばかりしている小胆者だが、おれはあのお姿を見ると、鼻筋づたいに虱《しらみ》が這って歩いているようなもどかしさを覚える。また、あそこのベンチに腰かけている白手袋の男は、おれのいちばんいやな奴で、見ろ、あいつがここへ現れたら、もはや中天に、臭く黄色い糞《ふん》の竜巻が現れているじゃないか。

私は彼の饒舌《じょうぜつ》をうつつに聞いていた。私は別なものを見つめていたのである。燃えるような四つの目を。青く澄んだ人間の子供の目を。先刻よりこの二人の子供は、島の外廓《がいかく》に築かれた胡麻石の塀からやっと顔だけを覗《のぞ》きこませ、むさぼるように島を眺めまわしているのだ。二人ながら男の子であろう。短い金髪が、朝風にぱさぱさ踊っている。ひとりは、そばかすで鼻がまっくろである。もうひとりの子は、桃の花のような頬をしている。

やがて二人は、同時に首をかしげて思案した。それから鼻のくろい子供が唇をむっと尖《とが》らせ、激しい口調で相手に何か耳うちした。私は彼のからだを両手でゆすぶって叫んだ。

「何を言っているのだ。教えてくれ。あの子供たちは何を言っているのだ。」

彼はぎょっとしたらしく、ふっとおしゃべりを止《よ》し、私の顔と向こうの子供たちとを見比べた。そうして、口をもぐもぐ動かしつつしばらく思いに沈んだのだ。私は彼のそういう困却にただならぬ気配を見てとったのである。子供たちがわけのわからぬ言葉をするどく島へ吐きつけて、そろって石塀の上から影を消してしまってからも、彼は額に片手をあてたり尻を掻きむしったりしながら、ひどく躊躇《ちゆうちよ》をしていたが、やがて、口角に意地わるげな笑いをさえ含めてのろのろと言いだした。

「いつ来て見ても変わらない、とほざいたのだよ。」

変わらない。私には一切がわかった。私の疑惑が、まんまと的中していたのだ。変わらない。これは批評の言葉である。見せ物は私たちなのだ。

「そうか。すると、君は嘘《うそ》をついていたのだね。」ぶち殺そうと思った。

彼は私のからだに巻きつけていた片手へぎゅっと力こめて答えた。

「ふびんだったから。」

私は彼の幅のひろい胸にむしゃぶりついたのである。彼のいやらしい親切に対する憤怒よりも、おのれの無知に対する羞恥《しゆうち》の念がたまらなかった。

「泣くのはやめろよ。どうにもならぬ。」彼は私の背をかるくたたきながら、ものうげに呟いた。「あの石塀の上に細長い木の札が立てられているだろう？　おれたちには裏の薄汚く赤ちゃけた木目だけを見せているが、あのおもてには、なんと書かれてあるか。人間たちはそれを読むのだよ。耳の光るのが日本の猿だ、と書かれてあるのさ。いや、もしかしたら、もっとひどい侮辱が書かれてあるのかもしれないよ。」

私は聞きたくもなかった。彼の腕からのがれ、枯れ木のもとへ飛んで行った。のぼった。梢にしがみつき、島の全貌を見渡したのである。日はすでに高く上って、島のここかしこから白い靄《もや》がほやほやと立っていた。百匹もの猿は、青空の下でのどかに日向《ひなた》ぼっこして遊んでいた。私は、滝口の傍らでじっとうずくまっている彼に声をかけた。

「みんな知らないのか。」

彼は私の顔を見ずに下から答えてよこした。

「知るものか。知っているのは、おそらく、おれと君とだけだよ。」

「なぜ逃げないのだ。」

「君は逃げるつもりか。」

「逃げる。」

青葉。砂利道。人の流れ。

「こわくないか。」

私はぐっと目をつぶった。言っていけない言葉を彼は言ったのだ。はたはたと耳をかすめて通る風の音にまじって、低い歌声が響いてきた。彼が歌っているのであろうか。目が熱い。さっき私を木から落としたのは、この歌だ。私は眼をつぶったまま耳傾けたのである。

「よせ、よせ。降りてこいよ。ここはいいところだよ。日が当たるし、木があるし、水の音が聞こえるし、それにだいいち、めしの心配がいらないのだよ。」

彼のそう呼ぶ声を遠くからのように聞いた。それからひくい笑い声も。ああ。この誘惑は真実に似ている。あるいは真実かもしれぬ。私は心のなかで大きくよろめくものを覚えたのである。けれども、けれども血は、山で育った私の馬鹿《ばか》な血は、やはり執拗《しつよう》に叫ぶのだ。

——否！

一八九六年、六月のなかば、ロンドン博物館付属動物園の事務所に、日本猿の遁走《とんそう》が報ぜられた。行方が知れぬのである。しかも、一匹でなかった。二匹である。

女生徒《じょせいと》

発表——一九三九（昭和一四）年
高校国語教科書初出——一九九六（平成八）年
第一学習社『高等学校新現代文』

あさ、目をさますときの気持ちは、おもしろい。かくれんぼのとき、押し入れの真っ暗い中に、じっと、しゃがんで隠れていて、突然、でこちゃんに、がらっと襖《ふすま》をあけられ、日の光がどっと来て、でこちゃんに、「見つけた！」と大声で言われて、まぶしさ、それから、へんな間の悪さ、それから、胸がどきどきして、着物のまえを合わせたりして、ちょっと、てれくさく、押し入れから出てきて、急にむかむか腹立たしく、あの感じ、いや、ちがう、あの感じでもない、なんだか、もっとやりきれない。箱をあけると、その中に、また小さい箱があって、その小さい箱をあけると、またその中に、もっと小さい箱があって、そいつをあけると、また、また、小さい箱があって、その小さい箱をあけると、また箱があって、そうして、七つも、八つも、あけていって、とうとうおしまいに、さいころくらいの小さい箱が出てきて、そいつをそっとあけてみて、何もない、からっぽ、あの感じ、少し近い。パチッと目がさめるなんて、あれは嘘《うそ》だ。濁って濁って、そのうちに、だんだん澱粉《でんぷん》が下に沈み、少しずつ上澄みができて、やっと疲れて目がさめる。朝は、なんだか、しらじらしい。悲しいことが、たくさんたくさん胸に浮かんで、やりきれない。いやだ、いやだ。朝の私はいちばん醜い。両方の脚が、くたくたに疲れて、そうして、もう、何もしたくない。熟睡していないせいかしら。朝は健康だなんて、あれは嘘。朝は灰色。いつもいつも同じ。いちばん虚無だ。朝の寝床の中で、私はいつも厭世《えんせい》的だ。いやになる。いろいろ醜い後悔ばっかり、いちどに、どっとかたまって胸をふさぎ、身悶《みもだ》えしちゃう。

朝は、意地悪。

「お父さん。」と小さい声で呼んでみる。へんに気恥ずかしく、うれしく、起きて、さっさと布団をたたむ。布団を持ち上げるとき、よいしょ、と掛け声して、はっと思った。私は、いままで、自分が、よいしょなんて、げびた言葉を言い出す女だとは、思ってなかった。よいしょ、なんて、お婆《ばあ》さんの掛け声みたいで、いやらしい。どうして、こんな掛け声を発したのだろう。私のからだの中に、どこかに、婆さんがひとついるようで、気持ちがわるい。これからは、気をつけよう。ひとの下品な歩きかっこうを顰蹙《ひんしゅく》していながら、ふと、自分も、そんな歩きかたしているのに気がついたときみたいに、すごく、しょげちゃった。

朝は、いつでも自信がない。寝巻きのままで鏡台のまえに座る。眼鏡をかけないで、鏡を覗《のぞ》くと、顔が、少しぼやけて、しっとり見える。自分の顔の中でいちばん眼鏡が嫌なのだけれど、他の人には、わからない眼鏡のよさも、ある。眼鏡をとって、遠くを見るのが好きだ。全体がかすんで、夢のように、覗き絵[1]みたいに、すばらしい。汚いものなんて、何も見えない。大きいものだけ、鮮明な、強い色、光だけが目にはいってくる。眼鏡をとって人を見るのも好き。相手の顔が、皆、優しく、きれいに、笑って見える。それに、眼鏡をはずしているときは、決して人と喧嘩《けんか》をしようなんて思わないし、悪口も言いたくない。ただ、黙って、ポカンとしているだけ。そうして、そんなときの私は、人にもおひとよしに見えるだろうと思えば、なおのこと、私は、ポカンと安心して、甘えたくなって、心も、たいへんやさしくなるのだ。

だけど、やっぱり眼鏡は、いや。眼鏡をかけたら顔という感じがなくなってしまう。顔から生まれる、いろいろの情緒、ロマンチック、美しさ、激しさ、弱さ、あどけな

1 覗き絵　のぞきからくり。大道芸の演芸の一種。箱ののぞき穴にレンズがはめられており、のぞき穴から箱をのぞくと、箱の中の絵が拡大され、その絵を替えながら、物語を語ってきかせる。

さ、哀愁、そんなもの、眼鏡がみんな遮ってしまう。それに、目でお話をするということも、おかしなくらいできない。

眼鏡は、お化け。

自分で、いつも自分の眼鏡が嫌だと思っているゆえか、目の美しいことが、いちばんいいと思われる。鼻がなくても、口が隠されていても、目が、その目を見ていると、もっと自分が美しく生きなければと思わせるような目であれば、いいと思っている。私の目は、ただ大きいだけで、なんにもならない。じっと自分の目を見ていると、がっかりする。お母さんでさえ、つまらない目だと言っている。こんな目を光のない目と言うのであろう。たどん[2]、と思うと、がっかりする。これですからね。ひどいですよ。鏡に向かうと、そのたんびに、うるおいのあるいい目になりたいと、つくづく思う。青い湖のような目、青い草原に寝て大空を見ているような目、ときどき雲が流れて写る。鳥の影まで、はっきり写る。美しい目のひとたくさん会ってみたい。

けさから五月、そう思うと、なんだか少し浮き浮きして来た。やっぱり嬉《うれ》しい。もう夏も近いと思う。庭に出ると苺《いちご》の花が目にとまる。お父さんの死んだという事実が、不思議になる。死んで、いなくなる、ということは、理解できにくいことだ。腑《ふ》に落ちない。お姉さんや、別れた人や、長いあいだ会わずにいる人たちが懐かしい。どうも朝は、過ぎ去ったこと、もうせん[3]の人たちのことが、いやに身近に、おタクワンの臭いのように味気なく思い出されて、かなわない。

ジャピイと、カア（かわいそうな犬だから、カアと呼ぶんだ）と、二匹もつれ合いながら、走って来た。二匹をまえに並べておいて、ジャピイだけを、うんとかわいがってやった。ジャピイの真っ白い毛は光って美しい。カアは、きたない。ジャピイをかわいがっていると、カアは、そばで泣きそうな顔をしているのをちゃんと知っている。カアが片輪だということも知っている。カアは、悲しくて、いやだ。かわいそうでかわいそうでたまらないから、わざと意地悪くしてやるのだ。カアは、野良犬みたいに見えるから、いつ犬殺し[4]にやられるか、わからない。カアは、足が、こんなだから、逃げるのに、おそいことだろう。カア、早く、山の中にでも行きなさい。おまえは誰にもかわいがられないのだから、早く死ねばいい。私は、カアだけでなく、人に

2 たどん　炭団。木炭粉などを加工して球状に固め、乾燥させた黒い燃料。　3 もうせん　もうずっと前。もう先。
4 犬殺し　狂犬病の予防のため、野犬を捕らえる人。

もいけないことをする子なんだ。人を困らせて、刺激する、ほんとうに嫌な子なんだ。縁側に腰かけて、ジャピイの頭を撫でてやりながら、目に浸《し》みる青葉を見ていると、情けなくなって、土の上に座りたいような気持ちになった。泣いてみたくなった。うんと息をつめて、目を充血させると、少し涙が出るかもしれないと思って、やってみたが、だめだった。もう、涙のない女になったのかもしれない。

あきらめて、お部屋の掃除をはじめる。お掃除しながら、ふと「唐人《とうじん》お吉《きち》」をうたう。ちょっとあたりを見回したような感じ。普段、モオツアルト[6]だの、バッハ[7]だのに熱中しているはずの自分が、無意識に、「唐人お吉」をうたったのが、おもしろい。布団を持ち上げるとき、よいしょ、と言ったり、お掃除しながら、唐人お吉をうたうようでは、自分も、もう、だめかと思う。こんなことでは、寝言などで、どんなに下品なこと言い出すか、不安でならない。でも、なんだかおかしくなって、箒《ほうき》の手を休めて、ひとりで笑う。

きのう縫い上げた新しい下着を着る。胸のところに、小さい白い薔薇《ばら》の花を刺繍《ししゅう》しておいた。上衣《うわぎ》を着ちゃうと、この刺繍見えなくなる。誰にもわからない。得意である。

お母さん、誰かの縁談のために大童《おおわらわ》、朝早くからお出掛け。私の小さいときからお母さんは、人のために尽くすので、なれっこだけれど、本当に驚くほど、始終うごいているお母さんだ。感心する。お父さんが、あまりにも勉強ばかりしていたから、お母さんは、お父さんのぶんもするのである。お父さんは、社交とかからは、およそ縁が遠いけれど、お母さんは、本当に気持ちのよい人たちの集まりを作る。二人とも違ったところを持っているけれど、お互いに、尊敬し合っていたらしい。醜いところのない、美しい安らかな夫婦、とでも言うのであろうか。ああ、生意気、生意気。

おみおつけの温まるまで、台所口に腰掛けて、前の雑木林を、ぼんやり見ていた。そしたら、昔にも、これから先にも、こうやって、台所の口に腰かけて、このとおりの姿勢でもって、しかもそっくり同じことを考えながら前の雑木林を見ていた、見て

5 **唐人お吉** 幕末から明治時代初期に、アメリカ総領事ハリスの妾《めかけ》になったとされる女性。彼女をモデルにさまざまな小説や舞台・映画が作られた。ここは一九三〇年に発表された西條八十《さいじょうやそ》作曲「唐人お吉の唄（明烏編）」という歌謡曲か。

6 **モオツアルト** モーツァルト Wolfgang Amadeus Mozart 一七五六—九一年。ウィーン古典派音楽を代表するオーストリアの作曲家。多数の器楽曲・声楽曲を残した。

7 **バッハ** Jhohann Sebastian Bach 一六八五—一七五〇年。バロック時代を代表するドイツの作曲家。多数のオルガン曲を残した。

いる、ような気がして、過去、現在、未来、それが一瞬間のうちに感じられるような、変な気持ちがした。こんなことは、時々ある。誰かと部屋に座って話をしている。目が、テエブルのすみに行ってコトンと停《と》まって動かない。口だけが動いている。こんな時に、変な錯覚を起こすのだ。いつだったか、こんな同じ状態で、同じことを話しながら、やはり、テエブルのすみを見ていた、また、これからさきも、いまのことが、そっくりそのままに自分にやってくるのだ、と信じちゃう気持ちになるのだ。どんな遠くの田舎の野道を歩いていても、きっと、この道は、いつか来た道、と思う。歩きながら道端の豆の葉を、さっと毟《むし》りとっても、やはり、この道のここのところで、この葉を毟りとったことがある、と思う。そうして、また、これからも、何度も何度も、この道を歩いて、ここのところで豆の葉を毟るのだ、と信じるのである。また、こんなこともある。あるときお湯につかっていて、ふと手を見た。そしたら、これからさき、何年かたって、お湯にはいったとき、この、いまの何げなく、手を見たことを、そして見ながら、コトンと感じたことをきっと思い出すに違いない、と思[8]ってしまった。そう思ったら、なんだか、暗い気がした。また、ある夕方、御飯をおひつに移しているとき、イ[9]ンスピレーション、と言っては大袈裟《おおげさ》だけれど、何か身内にピュウッと走り去ってゆくものを感じて、なんと言おうか、哲学のシッポと言いたいのだけれど、そいつにやられて、頭も胸も、すみずみまで透明になって、何か、生きていくことにふわっと落ちついたような、黙って、音も立てずに、トコロテンがそろっと押し出されるときのような柔軟性でもって、このまま波のまにまに、美しく軽く生きとおせるような感じがしたのだ。このときは、哲学どころのさわぎではない。盗み猫のように、音も立てずに生きていく予感なんて、ろくなことはないと、むしろ、おそろしかった。あんな気持ちの状態が、永くつづくと、人は、神がかりみたいになっちゃうのではないかしら。キリスト。でも、女のキリストなんてのは、いやらしい。

結局は、私ひまなもんだから、生活の苦労がないもんだから、毎日、幾百、幾千の見たり聞いたりの感受性の処理ができなくなって、ポカンとしているうちに、そいつらが、お化けみたいな顔になってポカポカ浮いてくるのではないのかしら。

食堂で、ごはんを、ひとりでたべる。ことし、はじめて、キュウリをたべる。キュウリの青さから、夏が来る。五月のキュウリの青味に

おひつ

8 おひつ　炊いた米を保存するための器。飯櫃《めしびつ》。　9 インスピレーション　ひらめき。霊感。［英語］inspiration

は、胸がカラッポになるような、うずくような、くすぐったいような悲しさがある。ひとりで食堂でごはんをたべていると、やたらむしょうに旅行に出たい。汽車に乗りたい。新聞を読む。近衛《このえ》[10]さんの写真が出ている。近衛さんて、いい男なのかしら。私は、こんな顔を好かない。額がいけない。新聞では、本の広告文がいちばんたのしい。一字一行で、百円二百円と広告料とられるのだろうから、皆、一生懸命だ。一字一句、最大の効果を収めようと、うんうん唸《うな》って、絞り出したような名文だ。こんなにお金のかかる文章は、世の中に、少ないであろう。なんだか、気味がよい。痛快だ。

ごはんをすまして、戸じまりして、登校。大丈夫、雨が降らないとは思うけれど、それでも、きのうお母さんから、もらったよき雨傘どうしても持って歩きたくて、そいつを携帯。このアンブレラ[11]は、お母さんが、昔、娘さん時代に使ったもの。おもしろい傘を見つけて、私は、少し得意。こんな傘を持って、パリイ[12]の下町を歩きたい。きっと、いまの戦争が終わった頃、こんな、夢を持ったような古風のアンブレラが流行するだろう。この傘には、ボンネット[13]風の帽子が、きっと似合う。ピンクの裾の長い、衿《えり》の大きく開いた着物に、黒い絹レエスで編んだ長い手袋をして、大きな鍔《つば》の広い帽子には、美しい紫のすみれをつける。そうして深緑の頃にパリイのレストランに昼食をしに行く。もの憂《う》そうに軽く頬杖《ほおづえ》して、外を通る人の流れを見ていると、誰かが、そっと私の肩を叩く。急に音楽、薔薇のワルツ。ああ、おかしい、おかしい。現実は、この古ぼけた奇態な、柄のひょろ長い雨傘一本。自分が、みじめでかわいそう。マッチ売りの娘さん。どれ、草でも、むしって行きましょう。

出がけに、うちの門のまえの草を、少しむしって、お母さんへの勤労奉仕。きょうは何かいいことがあるかもしれない。同じ草でも、どうしてこんな、むしりとりたい草と、そっと残しておきたい草と、いろいろあるのだろう。かわいい草と、そうでない草と、形は、ちっとも違っていないのに、それでも、いじらしい草と、にくにくしい草と、どうしてこう、ちゃんとわかれているのだろう。理屈はないんだ。女の好ききらいなんて、ずいぶんいい加減なものだと思う。十分間の勤労奉仕をすまして、停車場へ急ぐ。畑道を通りながら、しきりと絵が描きたくなる。途中、神社の森の小路《こみち》

10 近衛さん　一八九一―一九四五年。近衛文麿《ふみまろ》。政治家。一九三七年、四〇年に都合三度組閣。最初の組閣では、日中戦争を開戦、「女生徒」が発表された三九年には枢密院議長に就任していた。戦後、GHQより戦犯出頭命令を受け自殺。　11 アンブレラ　傘。［英語］umbrelaa　12 パリイ　フランスの首都パリのこと。［フランス語］Paris　13 ボンネット　女性用の帽子。あごの下を紐で結ぶ。［英語］bonnet

ボンネット

を通る。これは、私ひとりで見つけておいた近道である。森の小路を歩きながら、ふと下を見ると、麦が二寸[14]ばかりあちこちに、かたまって育っている。その青々した麦を見ていると、ああ、ことしも兵隊さんが来たのだと、わかる。去年も、沢山の兵隊さんと馬がやってきて、この神社の森の中に休んでいった。しばらくたってそこを通ってみると、麦が、きょうのように、すくすくしていた。けれども、その麦は、それ以上育たなかった。ことしも、兵隊さんの馬の桶《おけ》からこぼれて生えて、ひょろひょろ育ったこの麦は、この森はこんなに暗く、全く日が当たらないものだから、かわいそうに、これだけ育って死んでしまうのだろう。

神社の森の小路を抜けて、駅近く、労働者四、五人と一緒になる。その労働者たちは、いつもの例で、言えないような嫌な言葉を私に向かって吐きかける。私は、どうしたらよいかと迷ってしまった。その労働者たちを追い抜いて、どんどんさきに行ってしまいたいのだが、そうするには、労働者たちの間を縫ってくぐり抜け、すり抜けしなければならない。おっかない。それと言って、黙って立ちんぼして、労働者たちをさきに行かせて、うんと距離のできるまで待っているのは、もっともっと胆力の要ることだ。それは失礼なことなのだから、労働者たちは怒るかもしれない。からだは、カッカしてくるし、泣きそうになってしまった。私は、その泣きそうになるのが恥ずかしくて、その者たちに向かって笑ってやった。そして、ゆっくりと、その者たちの後について歩いていった。そのときは、それぎりになってしまったけれど、そのくやしさは、電車に乗ってからも消えなかった。こんなくだらないことに平然となれるように、早く強く、清く、なりたかった。

電車の入口のすぐ近くに空いている席があったから、私はそこへそっと私のお道具を置いて、スカアトのひだをちょっと直して、そうして座ろうとしたら、眼鏡の男の人が、ちゃんと私のお道具をどけて席に腰かけてしまった。

「あの、そこは私、見つけた席ですの。」と言ったら、男は苦笑して平気で新聞を読み出した。よく考えてみると、どっちが図々しいのかわからない。こっちの方が図々しいのかもしれない。

仕方なく、アンブレラとお道具を、網棚に乗せ、私は吊《つ》り革にぶらさがって、いつもの通り、雑誌を読もうと、パラパラ片手でページを繰っているうちに、ひょんなこ

14 寸　長さの単位。一寸は、約三センチメートル。

とを思った。

自分から、本を読むということを取ってしまったら、この経験のない私は、泣きべそをかくことだろう。それほど私は、本に書かれてあることに頼っている。一つの本を読んでは、パッとその本に夢中になり、信頼し、同化し、共鳴し、それに生活をくっつけてみるのだ。また、他の本を読むと、たちまち、クルッとかわって、すましている。人のものを盗んできて自分のものにちゃんと作り直す才能は、そのずるさは、これは私の唯一の特技だ。本当に、このずるさ、いんちきには嫌になる。毎日毎日、失敗に失敗を重ねて、あか恥ばかりかいていたら、少しは重厚になるかもしれない。けれども、そのような失敗にさえ、なんとか理屈をこじつけて、上手につくろい、ちゃんとしたような理論を編み出し、苦肉の芝居なんか得々とやりそうだ。（こんな言葉もどこかの本で読んだことがある。）

ほんとうに私は、どれが本当の自分だかわからない。読む本がなくなって、真似《まね》するお手本がなんにも見つからなくなった時には、私は、一体どうするだろう。手も足も出ない、萎縮の態《てい》で、むやみに鼻をかんでばかりいるかもしれない。何しろ電車の中で、毎日こんなにふらふら考えているばかりでは、だめだ。からだに、嫌な温かさが残って、やりきれない。何かしなければ、どうにかしなければと思うのだが、どうしたら、自分をはっきり摑《つか》めるのか。これまでの私の自己批判なんて、まるで意味ないものだったと思う。批判をしてみて、嫌な、弱いところに気付くと、すぐそれに甘くおぼれて、いたわって、角をためて牛を殺す[15]のはよくない、などと結論するのだから、批判も何もあったものでない。何も考えない方が、むしろ良心的だ。

この雑誌にも、「若い女の欠点」という見出しで、いろんな人が書いてある。読んでいるうちに、自分のことを言われたような気がして恥ずかしい気にもなる。それに書く人、人によって、ふだんばかだと思っている人は、そのとおりに、ばかの感じがするようなことを言っているし、写真で見て、おしゃれの感じのする人は、おしゃれの言葉使いをしているので、おかしくて、ときどきくすくす笑いながら読んでいく。宗教家は、すぐに信仰を持ち出すし、教育家は、始めから終わりまで恩、恩、と書いてある。政治家は、漢詩を持ち出す。作家は、気取って、おしゃれな言葉を使ってい

15 角をためて牛を殺す　牛の曲がった角をまっすぐにしようとして、牛を死なせてしまうこと。少しの欠点を直そうとして、かえって全てをだめにしてしまうことのたとえ。

る。[16]しょっている。

でも、みんな、なかなか確実なことばかり書いてある。個性のないこと。深味のないこと。正しい希望、正しい野心、そんなものから遠く離れていること。つまり、理想のないこと。批判はあっても、自分の生活に直接むすびつける積極性のないこと。無反省。本当の自覚、自愛、自重がない。勇気のある行動をしても、そのあらゆる結果について、責任が持てるかどうか。自分の周囲の生活様式には順応し、これを処理することに巧みであるが、自分、ならびに自分の周囲の生活に、正しい強い愛情を持っていない。本当の意味の謙遜がない。独創性にとぼしい。模倣だけだ。人間本来の「愛」の感覚が欠如してしまっている。お上品ぶっていながら、気品がない。そのほか、たくさんのことが書かれている。本当に、読んでいて、はっとすることが多い。決して否定できない。

けれどもここに書かれてある言葉全部が、なんだか、楽観的な、この人たちの普段の気持ちとは離れて、ただ書いてみたというような感じがする。「本当の意味の」とか、「本来の」とかいう形容詞がたくさんあるけれど、「本当の」愛、「本当の」自覚、とは、どんなものか、はっきり手にとるようには書かれていない。この人たちには、わかっているのかもしれない。それならば、もっと具体的に、ただ一言、右へ行け、左へ行け、と、ただ一言、権威をもって指で示してくれたほうが、どんなにありがたいかわからない。私たち、愛の表現の方針を見失っているのだから、あれもいけない、これもいけない、と言わずに、こうしろ、ああしろ、と強い力で言いつけてくれたら、私たち、みんな、そのとおりにする。誰も自信がないのかしら。ここに意見を発表している人たちも、いつでも、どんな場合にでも、こんな意見を持っている、というわけではないのかもしれない。正しい希望、正しい野心を持っていない、と叱っておられるけれども、そんなら私たち、正しい理想を追って行動した場合、この人はどこまでも私たちを見守り、導いていってくれるだろうか。

私たちには、自身の行くべき最善の場所、行きたく思う美しい場所、自身を伸ばして行くべき場所、おぼろげながら分かっている。よい生活を持ちたいと思っている。それこそ正しい希望、野心を持っている。頼れるだけの動かない信念をも持ちたいと、あせっている。しかし、これら全部、娘なら娘としての生活の上に具現しようとかか

16 しょっている　背負っている。うぬぼれている。思い上がっている。

ったら、どんなに努力が必要なことだろう。お母さん、お父さん、姉、兄たちの考えかたもある。（口だけでは、やれ古いのなんのって言うけれども、決して人生の先輩、老人、既婚の人たちを軽蔑なんかしていない。それどころか、いつでも二目も三目も置いているはずだ。）始終生活と関係のある親類というものも、ある。知人もある。友達もある。それから、いつも大きな力で私たちを押し流す「世の中」というものもあるのだ。これらすべてのことを思ったり見たり考えたりすると、自分の個性を伸ばすどころの騒ぎではない。まあ、まあ目立たずに、普通の多くの人たちの通る路をだまって進んで行くのが、一ばん利巧なのでしょうくらいに思わずにはいられない。少[17]数者への教育を、全般へ施すなんて、ずいぶんむごいことだとも思われる。学校の修身と、世の中の掟《おきて》と、すごく違っているのが、だんだん大きくなるにつれてわかってきた。学校の修身を絶対に守っていると、その人はばかをみる。変人と言われる。出世しないで、いつも貧乏だ。嘘をつかない人なんて、あるかしら。あったら、その人は、永遠に敗北者だ。私の肉身関係のうちにも、ひとり、行い正しく、固い信念を持って、理想を追及して、それこそ本当の意味で生きているひとがあるのだけれど、親類のひとみんな、そのひとを悪く言っている。ばかあつかいしている。私なんか、そんなばかあつかいされて敗北するのがわかっていながら、お母さんや皆に反対してまで自分の考えかたを伸ばすことは、できない。おっかないのだ。小さい時分には、私も、自分の気持ちとひとの気持ちと全く違ってしまったときには、お母さんに、「なぜ？」ときいたものだ。そのときには、お母さんは、何か一言で片づけて、そうして怒ったものだ。悪い、不良みたいだ、と言って、お母さんは悲しがっていたようだった。お父さんに言ったこともある。お父さんは、そのときただ黙って笑っていた。そして後でお母さんに「中心はずれの子だ。」とおっしゃっていたそうだ。だんだん大きくなるにつれて、私は、おっかなびっくりになってしまった。洋服いちまい作るのにも、人々の思惑を考えるようになってしまった。自分の個性みたいなものを、本当は、こっそり愛しているのだけれども、愛していきたいとは思うのだけど、それをはっきり自分のものとして体現するのは、おっかないのだ。人々が、よいと思う娘になろうといつも思う。たくさんの人たちが集まったとき、どんなに自分は卑屈になることだろう。口に出したくもないことを、気持ちと全然はなれたことを、嘘ついてペチ

17 修身　旧制の小学校・中学校の教科のひとつ。現在の道徳に相当する。

ャペチャやっている。そのほうが得だ、得だと思うからなのだ。いやなことだと思う。早く道徳が一変するときが来ればよいと思う。そうすると、こんな卑屈さも、また自分のためでなく、人の思惑のために毎日をポタポタ生活することもなくなるだろう。

おや、あそこ、席が空いた。いそいで網棚から、お道具と傘をおろし、素早く割りこむ。右隣は中学生、左隣は、子供背負ってねんねこ[18]着ているおばさん。おばさんは、年よりのくせに厚化粧をして、髪を流行まきにしている。顔はきれいなのだけれど、のどの所に皺《しわ》が黒く寄っていて、あさましく、ぶってやりたいほど嫌だった。人間は、立っているときと、座っているときと、まるっきり考えることが違ってくる。座っていると、なんだか頼りない、無気力なことばかり考える。私と向かい合っている席には、四、五人、同じ年齢《とし》かっこうのサラリイマンが、ぼんやり座っている。三十ぐらいであろうか。みんな、いやだ。目が、どろんと濁っている。覇気がない。けれども、私がいま、このうちの誰かひとりに、にっこり笑ってみせると、たったそれだけで私は、ずるずる引きずられて、その人と結婚しなければならぬはめにおちるかもしれないのだ。女は、自分の運命を決するのに、微笑一つでたくさんなのだ。おそろしい。不思議なくらいだ。気をつけよう。けさは、ほんとに妙なことばかり考える。二、三日まえから、うちのお庭を手入れしに来ている植木屋さんの顔が日にちらついて、しかたがない。どこからどこまで植木屋さんなのだけれど、顔の感じが、どうしてもちがう。大袈裟に言えば、思索家みたいな顔をしている。色は黒いだけにしまって見える。目がよいのだ。眉もせまっている。鼻は、すごく[19]獅子《しし》っぱなだけれど、それがまた、色の黒いのに[20]マッチして、意志が強そうに見える。唇のかたちも、なかなかよい。耳は少し汚い。手といったら、それこそ植木屋さんに逆もどりだけれど、黒いソフトを深くかぶった日陰の顔は、植木屋さんにしておくのは惜しい気がする。お母さんに、三度も四度も、あの植木屋さん、はじめから植木屋さんだったのかしら、とたずねて、しまいに叱られてしまった。きょう、お道具を包んできたこの風呂敷は、ちょうど、あの植木屋さんがはじめて来た日に、お母さんからもらったのだ。あの日は、うちのほうの大掃除だったので、台所直しさんや、畳屋さんもはいっていて、お母さんも簞《たん》笥《す》のものを整理して、そのときに、この風呂敷が出てきて、私がもらった。きれいな

18 ねんねこ　ねんねこ半纏《ばんてん》。幼児を背負った上に着る綿入れの半纏。19 獅子っぱな　低くて、小鼻が横に広がっている鼻。20 マッチ　適合すること。あっていること。［英語］match

女らしい風呂敷。きれいだから、結ぶのが惜しい。こうして座って、膝の上にのせて、何度もそっと見てみる。撫《な》でる。電車の中の皆の人にも見てもらいたいけれど、誰も見ない。このかわいい風呂敷を、ただ、ちょっと見つめてさえくださったら、私は、その人のところへお嫁にいくことにきめてもいい。本能、という言葉につき当たると、泣いてみたくなる。本能の大きさ、私たちの意志では動かせない力、そんなことが、自分の時々のいろんなことから分かって来ると、気が狂いそうな気持ちになる。どうしたらよいのだろうか、とぼんやりなってしまう。否定も肯定もない、ただ、大きな大きなものが、がばと頭からかぶさってきたようなものだ。そして私を自由に引きずりまわしているのだ。引きずられながら満足している気持ちと、それを悲しい気持ちで眺めている別の感情と。なぜ私たちは、自分だけで満足し、自分だけを一生愛していけないのだろう。本能が、私のいままでの感情、理性を食ってゆくのを見るのは、情けない。ちょっとでも自分を忘れることがあった後は、ただ、がっかりしてしまう。あの自分、この自分にも本能が、はっきりあることを知ってくるのは、泣けそうだ。お母さん、お父さんと呼びたくなる。けれども、また、真実というものは、案外、自分が嫌だと思っているところにあるのかもしれないのだから、いよいよ情けない。

もう、お茶の水。[21]プラットフオムに降り立ったら、なんだかすべて、けろりとしていた。いま過ぎたことを、いそいで思いかえしたく努めたけれど、一向に思い浮かばない。あの、つづきを考えようと、あせったけれど、何も思うことがない。からっぽだ。その時、時には、ずいぶんと自分の気持ちを打ったものもあったようだし、くるしい恥ずかしいこともあったはずなのに、過ぎてしまえば、何もなかったのと全く同じだ。いま、という瞬間は、おもしろい。いま、いま、いま、と指でおさえているうちにも、いま、は遠くへ飛び去って、あたらしい「いま」が来ている。ブリッジ[23]の階段をコトコト昇りながら、ナンジャラホイと思った。ばかばかしい。私は、少し幸福すぎるのかもしれない。

けさの小杉先生はきれい。私の風呂敷みたいにきれい。美しい青色の似合う先生。胸の真紅《しんく》のカーネーションも目立つ。「つくる」ということがなかったら、もっとも

21 お茶の水　国鉄（現JR）の中央本線・総武本線の御茶ノ水駅。東京都文京区と千代田区にある。東京女子高等師範学校（現お茶の水大学附属中学校・高等学校）や、白百合高等女学校（現白百合学園中学校・高等学校）などがあった。22 プラットフオム　電車・列車への乗り降りのための施設。プラットフォーム。ホーム。［英語］platform　23 ブリッジ　橋。御茶ノ水駅は、御茶ノ水橋と聖橋《ひじり》のふたつの橋の間にホームがある。［英語］bridge

っとこの先生すきなのだけれど。あまりにポオズ[24]をつけすぎる。どこか、無理がある。あれじゃあ疲れることだろう。性格も、どこか難解なところがある。わからないところをたくさん持っている。暗い性質なのに、無理に明るく見せようとしているところも見える。しかし、なんといっても魅《ひ》かれる女のひとだ。学校の先生なんてさせておくの惜しい気がする。お教室では、まえほど人気がなくなったけれど、私は、私ひとりは、まえと同様に魅かれている。山中、湖畔の古城に住んでいる令嬢、そんな感じがある。嫌に、ほめてしまったものだ。小杉先生のお話は、どうして、いつもこんなに固いのだろう。頭がわるいのじゃないかしら。悲しくなっちゃう。さっきから、愛国心について永々と説いて聞かせているのだけれど、そんなこと、わかりきっているじゃないか。どんな人にだって、自分の生まれたところを愛す気持ちはあるのに。つまらない。机に頬杖ついて、ぼんやり窓のそとを眺める。風の強いゆえか、雲がきれいだ。お庭の隅に、薔薇の花が四つ咲いている。黄色が一つ、白が二つ、ピンクが一つ。ぽかんと花を眺めながら、人間も、本当によいところがある、と思った。花の美しさを見つけたのは、人間だし、花を愛するのも人間だもの。

お昼御飯のときは、お化け話が出る。ヤスベエねえちゃんの、一高[25]七不思議の一つ、

「開かずの扉」には、もう、みんな、きゃあ、きゃあ。ドロンドロン式でなく、心理的なので、おもしろい。あんまり騒いだので、いま食べたばかりなのに、もうペコになってしまった。さっそくアンパン夫人から、キャラメル御馳走《ごちそう》になる。それからまた、ひとしきり恐怖物語にみなさん夢中。誰でもかれでも、このお化け話とやらには、興味が湧くらしい。一つの刺激でしょうかな。それから、これは怪談ではないけれど、[26]「久原房之助《くはらふさのすけ》」の話、おかしい、おかしい。

午後の図画の時間には、皆、校庭に出て、写生のお稽古。伊藤《いとう》先生は、どうして私を、いつも無意味に困らせるのだろう。きょうも私に、先生ご自身の絵のモデルになるよう言いつけた。私のけさ持参した古い雨傘が、クラスの大歓迎を受けて、皆さん騒ぎたてるものだから、とうとう伊藤先生にもわかってしまって、その雨傘持って、校庭の隅の薔薇のそばに立っているよう、言いつけられた。先生は、私のこんな姿を描いて、こんど展覧会に出すのだそうだ。三十分間だけ、モデルになってあげること

24 ポオズ　姿勢。気どった態度。ポーズ。[英語] pose　25 一高　旧制第一高等学校の略。　26 久原房之助　一八六九―一九六五年。実業家・政治家。日立製作所・日産自動車などの基盤となった久原鉱業所を設立した。財界から政界に進出して逓信《ていしん》大臣まで務めたが、二・二六事件に連座して逮捕され、世間の注目を集めた。

を承諾する。すこしでも、人のお役に立つことは、うれしいものだ。けれども、伊藤先生と二人で向かい合っていると、とても疲れる。話がねちねちして理屈が多すぎるし、あまりにも私を意識しているゆえか、スケッチしながらでも話すことが、みんな私のことばかり。返事するのも面倒くさく、わずらわしい。ハッキリしない人である。変に笑ったり、先生のくせに恥ずかしがったり、何しろサッパリしないのには、ゲッとなりそうだ。

「死んだ妹を、思い出します。」なんて、やりきれない。人は、いい人なんだろうけれど、[27]ゼスチュアが多すぎる。

ゼスチュアといえば、私だって、負けないでたくさんに持っている。私のは、その上、ずるくて利巧に立ちまわる。本当にキザなのだから仕末に困る。「自分は、ポオズをつくりすぎて、ポオズに引きずられている嘘つきの化けものだ。」なんて言って、これがまた、一つのポオズなのだから、動きがとれない。こうして、おとなしく先生のモデルになってあげていながらも、つくづく、「自然になりたい、素直になりたい。」と祈っているのだ。本なんか読むの止めてしまえ。観念だけの生活で、無意味な、高慢ちきの知ったかぶりなんて、軽蔑、軽蔑。やれ生活の目標がないの、もっと生活に、人生に、積極的になればいいの、自分には矛盾があるのどうのって、しきりに考えたり悩んだりしているようだが、おまえのは、感傷だけさ。自分をかわいがって、慰めているだけなのさ。それからずいぶん自分を買いかぶっているのですよ。ああ、こんな心の汚い私をモデルにしたりなんかして、先生の絵は、きっと落選だ。美しいはずがないもの。いけないことだけれど、伊藤先生がばかに見えて仕様がない。先生は、私の下着に、薔薇の花の刺繍のあることさえ、知らない。

だまって同じ姿勢で立っていると、やたらむしょうに、お金が欲しくなってくる。十円あれば、よいのだけれど。「マダム・キュリイ」[28]がいちばん読みたい。それから、ふっと、お母さん長生きするように、と思う。先生のモデルになっていると、へんに、つらい。くたくたに疲れた。

放課後は、お寺の娘さんのキン子さんと、こっそり、ハリウッド[29]へ行って、髪をや

27 ゼスチュア　身振り手振り。ジェスチャー。［英語］gesture　28 マダム・キュリイ　一八六七—一九三四年。ポーランド生まれの物理学者マリー・キュリー。一九〇三年ノーベル物理学賞、一九一一年ノーベル化学賞を受賞。ここは、その伝記。　29 ハリウッド　アメリカのカリフォルニア州ロサンゼルス市にある地名。映画産業の中心地。ここは、美容院の名。

ってもらう。できあがったのを見ると、頼んだようにできていないので、がっかりだ。どう見たって、私は、ちっともかわいくない。あさましい気がした。したたかに、しょげちゃった。こんな所へ来て、こっそり髪をつくってもらうなんて、すごく汚らしい一羽の雌鶏《めんどり》みたいな気さえしてきて、つくづくいまは後悔した。私たち、こんなとこへ来るなんて、自分自身を軽蔑していることだと思った。お寺さんは、大はしゃぎ。

「このまま、見合いに行こうかしら。」なぞと乱暴なこと言い出して、そのうちに、なんだかお寺さんご自身、見合いに、ほんとうに行くことにきまってしまったような錯覚を起こしたらしく、

「こんな髪には、どんな色の花を挿したらいいの？」とか、「和服のときには、帯は、どんなのがいいの？」なんて、本気にやり出す。

ほんとに、何も考えないかわいらしいひと。

「どなたと見合いなさるの？」と私も、笑いながら尋ねると、

「もち屋は、もち屋と言いますからね。」と、澄まして答えた。それどういう意味なの、と私も少し驚いてきいてみたら、お寺の娘はお寺へお嫁入りするのがいちばんいいのよ、一生食べるのに困らないし、と答えて、また私を驚かせた。キン子さんは、

全く無性格みたいで、それゆえ、女らしさでいっぱいだ。学校で私と席がお隣同志だというだけで、そんなに私は親しくしてあげているわけでもないのに、お寺さんのほうでは、私のことを、あたしのいちばんの親友です、なんて皆に言っている。かわいい娘さんだ。一日置きに手紙をよこしたり、なんとなくよく世話をしてくれて、ありがたいのだけれど、きょうは、あんまり大袈裟にはしゃいでいるので、私も、さすがにいやになった。お寺さんとわかれて、バスに乗ってしまった。なんだか、なんだか憂鬱だ。バスの中で、いやな女のひとを見た。襟のよごれた着物を着て、もじゃもじゃの赤い髪を櫛《くし》一本に巻きつけている、手も足もきたない、それに男か女か、わからないような、むっとした赤黒い顔をしている。それに、ああ、胸がむかむかする。その女は、大きいおなかをしているのだ。ときどき、ひとりで、にやにや笑っている。雌鶏《めんどり》。こっそり、髪をつくりに、ハリウッドなんかへ行く私だって、ちっとも、この女のひとと変わらないのだ。

けさ、電車で隣り合せた厚化粧のおばさんをも思い出す。ああ、汚い、汚い。女は、いやだ。自分が女だけに、女の中にある不潔さが、よくわかって、歯ぎしりするほど、嫌だ。金魚をいじったあとの、あのたまらない生臭さが、自分のからだいっぱいにしみついているようで、洗っても洗っても、落ちないようで、こうして一日一日、自分も雌の体臭を発散させるようになっていくのかと思えば、また、思い当たることもあるので、いっそこのまま、少女のままで死にたくなる。ふと、病気になりたく思う。うんと重い病気になって、汗を滝のように流して細く痩せたら、私も、すっきり清浄になれるかもしれない。生きている限りは、とてものがれられないことなのだろうか。しっかりした宗教の意味もわかりかけてきたような気がする。

バスから降りると、少しほっとした。どうも乗り物は、いけない。空気が、なまぬるくて、やりきれない。大地は、いい。土を踏んで歩いていると、自分を好きになる。どうも私は、少しおっちょこちょいだ。極楽トンボだ。かえろかえろと何見てかえる、畑の玉ねぎ見い見いかえろ、かえろが鳴くからかえろ。と小さい声でうたってみて、この子は、なんてのんきな子だろう、と自分ながら歯がゆくなって、背ばかり伸びるこのボーボーが憎らしくなる。いい娘さんになろうと思った。

このお家に帰る田舎道は、毎日毎日、あんまり見なれているので、どんな静かな田舎だか、わからなくなってしまった。ただ、木、道、畑、それだけなのだから。きょうは、ひとつ、よそからはじめてこの田舎にやって来た人の真似をしてみよう。私は、ま、神田あたりの下駄《げた》屋さんのお嬢さんで、生まれてはじめて郊外の土を踏むのだ。するど、この田舎は、いったいどんなに見えるだろう。すばらしい思いつき。かわいそうな思いつき。私は、あらたまった顔つきになって、わざと、大袈裟にきょろきょろしてみる。小さい並木路を下るときには、振り仰いで新緑の枝々を眺め、まあ、と小さい叫びを挙げてみて、土橋を渡るときには、しばらく小川をのぞいて、水鏡に顔をうつして、ワンワンと、犬の真似して吠えてみたり、遠くの畑を見るときは、目を小さくして、うっとりしたふうをして、いいわねえ、と呟《つぶや》いてため息。神社では、また一休み。神社の森の中は、暗いので、あわてて立ち上がって、おお、こわこわ、と言い肩を小さく窄《すぼ》めて、そそくさ森を通り抜け、森のそとの明るさに、わざと驚いたようなふうをして、いろいろ新しく新しく、と心掛けて田舎の道を、凝って歩いているうちに、なんだか、たまらなく淋《さび》しくなってきた。とうとう道端の草原に、ペタリと座ってしまった。草の上に座ったら、つい今しがたまでの浮き浮きした気持ちが、コトンと音たてて消えて、ぎゅっとまじめになってしまった。そうして、このごろの自分を、静かに、ゆっくり思ってみた。なぜ、このごろの自分が、いけないのか。どうして、こんなに不安なのだろう。いつでも、何かにおびえている。この間も、誰かに言われた。

「あなたは、だんだん俗っぽくなるのね。」

そうかもしれない。私は、たしかに、いけなくなった。くだらなくなった。いけない、いけない。弱い、弱い。だしぬけに、大きな声が、ワッと出そうになった。ちぇっ、そんな叫び声あげたくらいで、自分の弱虫を、ごまかそうたって、だめだぞ。もっとどうにかなれ。私は、恋をしているのかもしれない。青草原に仰向《あおむ》けに寝ころがった。

「お父さん。」と呼んでみる。お父さん、お父さん。夕焼の空はきれいです。そうして、夕靄《ゆうもや》は、ピンク色。夕日の光が靄の中に溶けて、にじんで、そのために靄がこんなに、やわらかいピンク色になったのでしょう。そのピンクの靄がゆらゆら流れて、木立の間にもぐっていったり、路の上を歩いたり、草原を撫でたり、そうして、私のからだを、ふんわり包んでしまいます。私の髪の毛一本一本まで、ピンクの光は、そっと幽《かす》かにてらして、そうしてやわらかく撫でてくれます。それよりも、この空は、美しい。このお空には、私うまれてはじめて頭を下げたいのです。私は、いま神様を信じます。これは、この空の色は、なんという色なのかしら。薔薇。火事。虹。天使の翼。[30]大伽藍《だいがらん》。いいえ、そんなんじゃない。もっと、もっと神々《こうごう》しい。

「みんなを愛したい。」と涙が出そうなくらい思いました。じっと空を見ていると、だんだん空が変わってゆくのです。だんだん青味がかってゆくのです。ただ、ため息ばかりで、裸になってしまいたくなりました。それから、いまほど木の葉や草が透明に、美しく見えたこともありません。そっと草に、さわってみました。

美しく生きたいと思います。

家へ帰ってみると、お客様。お母さんも、もう帰っておられる。例によって、何か、にぎやかな笑い声。お母さんは、私と二人きりのときには、顔がどんなに笑っていても、声をたてない。けれども、お客様とお話しているときには、顔は、ちっとも笑ってなくて、声ばかり、かん高く笑っている。挨拶して、すぐ裏へまわり、井戸端で手を洗い、靴下脱いで、足を洗っていたら、さかなやさんが来て、お待ちどおさま、まいど、ありがとうと言って、大きいお魚を一匹、井戸端へ置いていった。なんという、おさかなか、わからないけれど、鱗《うろこ》のこまかいところ、これは北海のものの感じ

30 大伽藍　寺の大きな建物。

がする。お魚を、お皿に移して、また手を洗っていたら、北海道の夏の臭いがした。おととしの夏休みに、北海道のお姉さんの家へ遊びに行ったときのことを思い出す。[31]苫小牧《とまこまい》のお姉さんの家は、海岸に近いゆえか、始終お魚の臭いがしていた。お姉さんが、あのお家《うち》のがらんと広いお台所で、夕方ひとり、白い女らしい手で、上手にお魚をお料理していた様子も、はっきり浮かぶ。私は、あのとき、なぜかお姉さんに甘えたくて、たまらなく焦がれて、でもお姉さんには、あのころ、もう年《とし》ちゃんも生まれていて、お姉さんは、私のものではなかったのだから、それを思えば、ヒュウと冷たいすきま風が感じられて、どうしても、姉さんの細い肩に抱きつくことができなくて、死ぬほど寂しい気持ちで、じっと、あのほの暗いお台所の隅に立ったまま、気の遠くなるほどお姉さんの白くやさしく動く指先を見つめていたことも、思い出される。過ぎ去ったことは、みんな懐かしい。肉身って、不思議なもの。他人ならば、遠く離れると次第に淡く、忘れてゆくものなのに、肉身は、なおさら、懐かしい美しいところばかり思い出されるのだから。

井戸端の[32]茱萸《ぐみ》の実が、ほんのりあかく色づいている。もう二週間もしたら、たべられるようになるかもしれない。去年は、おかしかった。私が夕方ひとりで茱萸をとってたべていたら、ジャピイ黙って見ているので、かわいそうで一つやった。そしたら、ジャピイ食べちゃった。また二つやったら、食べた。あんまりおもしろくて、この木をゆすぶって、ポタポタ落としたら、ジャピイ夢中になって食べはじめた。ばかなやつ。茱萸を食べる犬なんて、はじめてだ。私も背伸びしては、茱萸をとってたべている。ジャピイも下で食べている。おかしかった。そのこと、思い出したら、ジャピイを懐かしくて、

「ジャピイ！」と呼んだ。

ジャピイは、玄関のほうから、気取って走って来た。急に、歯ぎしりするほどジャピイをかわいくなっちゃって、シッポを強く掴《つか》むと、ジャピイは私の手を柔らかく噛《か》んだ。涙が出そうな気持ちになって、頭を打《ぶ》ってやる。ジャピイは、平気で、井戸端の水を音をたてて飲む。

お部屋へはいると、ぼっと電灯が、ともっている。しんとしている。お父さんいな

31 苫小牧　北海道の南西部にある太平洋に面した工業都市。　32 茱萸　グミ科の植物。庭木に用いられる。果実は初夏になり、縦長の球形で、赤く熟し、食べられる。

茱萸

い。やっぱり、お父さんがいないと、家の中に、どこか大きい空席が、ポカンと残っているような気がして、身悶えしたくなる。和服に着換え、脱ぎ捨てた下着の薔薇にきれいなキスして、それから鏡台のまえに座ったら、客間のほうからお母さんたちの笑い声が、どっと起こって、私は、なんだか、むかっとなった。お母さんは、私と二人きりのときはいいけれど、お客が来たときには、へんに私から遠くなって、冷たくよそよそしく、私はそんなときに、いちばんお父さんが懐かしく悲しくなる。

鏡を覗くと、私の顔は、おや、と思うほど活《い》き活きしている。顔は、他人だ。私自身の悲しさや苦しさや、そんな心持ちとは、全然関係なく、別個に自由に活きている。きょうは頬紅も、つけないのに、こんなに頬がぱっと赤くて、それに、唇も小さく赤く光って、かわいい。眼鏡をはずして、そっと笑ってみる。目が、とってもいい。青く青く、澄んでいる。美しい夕空を、ながいこと見つめたから、こんなにいい目になったのかしら。しめたものだ。

少し浮き浮きして台所へ行き、お米をといでいるうちに、また悲しくなってしまった。せんの小金井[33]の家が懐かしい。胸が焼けるほど恋しい。あの、いいお家には、お父さんもいらしったし、お姉さんもいた。お母さんだって、若かった。私が学校から帰ってくると、お母さんと、お姉さんと、何かおもしろそうに台所か、茶の間で話をしている。おやつをもらって、ひとしきり二人に甘えたり、お姉さんに喧嘩《けんか》ふっかけたり、それからきまって叱られて、外へ飛び出して遠くへ遠くへ自転車乗り、夕方には帰ってきて、それから楽しく御飯だ。本当に楽しかった。自分を見つめたり、不潔にぎくしゃくすることもなく、ただ、甘えていればよかったのだ。なんという大きい特権を私は享受していたことだろう。しかも平気で。心配もなく、寂しさもなく、苦しみもなかった。お父さんは、立派なよいお父さんだった。お姉さんは、優しく、私は、いつもお姉さんにぶらさがってばかりいた。けれども、すこしずつ大きくなるにつれて、だいいち私が自身いやらしくなって、私の特権はいつの間にか消失して、あかはだか、醜い醜い。ちっとも、ひとに甘えることができなくなって、考えこんでばかりいて、くるしいことばかり多くなった。お姉さんは、お嫁にいってしまったし、お父さんは、もういない。たったお母さんと私だけになってしまった。お母さんもお寂しいことばかりなのだろう。こないだもお母さんは、「もうこれからさきは、生き

33　小金井　東京都の中部、武蔵野《むさしの》台地に位置する地名で、昭和初期から住宅地となった。現在の小金井市。

る楽しみがなくなってしまった。あなたを見たって、私は、ほんとうは、あまり楽しみ感じない。ゆるしておくれ。幸福も、お父さんがいらっしゃらなければ、来ないほうがよい。」とおっしゃった。蚊《か》が出てくると、ふとお父さんを思い出し、ほどきものをすると、お父さんを思い出し、爪を切るときにもお父さんを思い出し、お茶がおいしいときにも、きっとお父さんを思い出すそうである。私が、どんなにお母さんの気持をいたわって、話相手になってあげても、やっぱりお父さんとは違うのだ。夫婦愛というものは、この世の中でいちばん強いもので、肉親の愛よりも、尊いものにちがいない。生意気なことと考えたので、ひとりで顔があかくなってきて、私は、濡《ぬ》れた手で髪をかきあげる。しゅっしゅっとお米をとぎながら、私は、お母さんがかわいく、いじらしくなって、大事にしようと、しんから思う。こんなウエーヴ[34]かけた髪なんか、さっそく解きほぐしてしまって、そうして髪の毛をもっと長く伸ばそう。お母さんは、せんから、私の髪の短いのを嫌がっていらしたから、うんと伸ばしてきちんと結ってみせたら、よろこぶだろう。けれども、そんなことまでして、お母さんを、いたわるのも嫌だな。いやらしい。考えてみると、このごろの、私のいらいらは、ずいぶんお母さんと関係がある。お母さんの気持ちに、ぴったり添ったいい娘でありたいし、それだからとて、へんに御機嫌とるのもいやなのだ。だまっていても、お母さん、私の気持ちをちゃんとわかって安心していらしったら、いちばんいいのだ。私は、どんなに、わがままでも、決して世間の物笑いになるようなことはしないのだし、つらくても、寂しくっても、だいじのところは、きちんと守って、そうしてお母さんと、この家とを、愛して愛して、愛しているのだから、お母さんも、私を絶対に信じて、ぼんやりのんきにしていらしたら、それでいいのだ。私は、きっと立派にやる。身を粉にしてつとめる。それがいまの私にとっても、いちばん大きいよろこびなんだし、生きる道だと思っているのに、お母さんたら、ちっとも私を信頼しないで、まだまだ、子供あつかいにしている。私が子供っぽいこと言うと、お母さんはよろこんで、こないだも、私が、ばからしい、わざとウクレレ[35]持ち出して、ポンポンやってはしゃいでみせたら、お母さんは、しんから嬉しそうにして、

「おや、雨かな？　雨だれの音が聞こえるね。」と、とぼけて言って、私をからかって、私が、本気でウクレレなんかに熱中しているとでも思っているらしい様子なので、

34 ウエーヴ　髪の毛を波打つような形にセットしたもの。[英語] wave　35 ウクレレ　ギターに似た小型の弦楽器。[英語] ukulele

私は、あさましくて、泣きたくなった。お母さん、私は、もう大人なのですよ。世の中のこと、なんでも、もう知っているのですよ。安心して、私になんでも相談してください。うちの経済のことなんかでも、私に全部打ち明けて、こんな状態だから、おまえもと言ってくださったなら、私は決して、靴なんかねだりはしません。しっかりした、つましい、つましい娘になります。ほんとうに、それは、たしかなのです。それなのに、ああ、それなのに、という歌があったのを思い出して、ひとりでくすくす笑ってしまった。気がつくと、私はぼんやりお鍋に両手をつっこんだままで、ばかみたいに、あれこれ考えていたのである。

いけない、いけない。お客様へ、早く夕食差し上げなければ。さっきの大きいお魚は、どうするのだろう。とにかく三枚におろして、お味噌《みそ》につけておくことにしよう。そうして食べると、きっとおいしい。料理は、すべて、勘でいかなければいけない。キュウリが少し残っているから、あれでもって、三杯酢《さんばいず》[36]。それから、私の自慢の卵焼き。それから、もう一品。あ、そうだ。ロココ料理[37]にしよう。これは、私の考案したものでございまして。お皿ひとつひとつに、それぞれ、ハムや卵や、パセリや、キャベツ、ほうれんそう、お台所に残っているもの一切合切、いろとりどりに、美しく配合させて、手際よく並べて出すのであって、手数はいらず、経済だし、ちっとも、おいしくはないけれども、でも食卓は、ずいぶん賑やかに華麗になって、何だか、たいへん贅沢《ぜいたく》な御馳走のように見えるのだ。卵のかげにパセリの青草、その傍らに、ハムの赤い珊瑚礁《さんごしょう》がちらと顔を出していて、キャベツの黄色い葉は、牡丹《ぼたん》の花弁のように、鳥の羽の扇子のようにお皿に敷かれて、緑したたるほうれん草は、牧場か湖水か。こんなお皿が、二つも三つも並べられて食卓に出されると、お客様はゆくりなく、ルイ[38]王朝を思い出す。まさか、それほどでもないけれど、どうせ私は、おいしい御馳走なんて作れないのだから、せめて、ていさいだけでも美しくして、お客様を眩惑《げんわく》させて、ごまかしてしまうのだ。料理は、見かけが第一である。たいてい、それで、ごまかせます。けれども、このロココ料理には、よほどの絵心が必要だ。色彩の配合について、人一倍、敏感でなければ、失敗する。せめて私くらいのデリカシイ[39]がなければね。ロココという言葉を、こないだ辞典でしらべてみたら、華麗のみにて内容空疎の装飾様

36 三杯酢　酢に、砂糖（みりん）、塩（しょうゆ）などを加えた甘みのある合わせ酢。37 ロココ　十八世紀のフランスで流行した美術様式。渦巻きや曲線を多用した華やかで軽快な装飾が特徴。38 ルイ王朝　フランスの王朝の名。十六世紀から十八世紀頃を指す。39 デリカシイ　繊細さ。心配りの細やかさ。［英語］delicacy

式、と定義されていたので、笑っちゃった。名答である。美しさに、内容なんてあってたまるものか。純粋の美しさは、いつも無意味で、無道徳だ。きまっている。だから、私は、ロココが好きだ。

いつもそうだが、私はお料理して、あれこれ味をみているうちに、なんだかひどい虚無にやられる。死にそうに疲れて、陰鬱になる。あらゆる努力の飽和状態におちいるのである。もう、もう、なんでも、どうでも、よくなってくる。ついには、ええっ！と、やけくそになって、味でも体裁でも、めちゃめちゃに、投げとばして、ばたばたやってしまって、じつに不機嫌な顔して、お客に差し出す。

きょうのお客様は、ことにも憂うつ。大森[40]の今井田さん御夫婦に、ことし七つの良夫さん。今井田さんは、もう四十ちかいのに、好男子みたいに色が白くて、いやらしい。なぜ、[41]敷島《しきしま》などを吸うのだろう。両切りの煙草でないと、なんだか、不潔な感じがする。煙草は、両切りに限る。敷島なぞを吸っていると、そのひとの人格までが、疑わしくなるのだ。いちいち天井を向いて煙を吐いて、はあ、はあ、なるほど、なんて言っている。いまは、夜学[42]の先生をしているそうだ。奥さんは、小さくて、おどおどして、そして下品だ。つまらないことにでも、顔を畳にくっつけるようにして、からだをくねらせて、笑いむせぶのだ。おかしいことなんてあるものか。そうして大袈裟に笑い伏すのが、何か上品なことだろうと、思いちがいしているのだ。いちばん汚い。いまのこの世の中で、こんな階級の人たちが、いちばん悪いのではないかしら。[43]プチ・ブルというのかしら。小役人というのかしら。子供なんかも、へんに小ましゃくれて、素直な元気なところが、ちっともない。そう思っていながらも、私はそんな気持ちを、みんな抑えて、お辞儀をしたり、笑ったり、話したり、良夫さんをかわいいかわいいと言って頭を撫でてやったり、まるで嘘ついて皆をだましているのだから、今井田御夫婦なんかでも、まだまだ、私よりは清純かもしれない。みなさん私のロココ料理をたべて、私の腕前をほめてくれて、私はわびしいやら、腹立たしいやら、泣きたい気持ちなのだけれど、それでも、努めて、嬉しそうな顔をして見せて、やがて私も御相伴して一緒にごはんを食べたのであるが、今井田さんの奥さんの、しつこい

40 **大森**　東京都大田区北東部の地名。41 **敷島**　煙草《たばこ》の名の一つ。一九〇四―四三年までに販売された高級煙草。口紙と呼ばれる円筒形の厚紙による吸い口が付いていた。この吸い口の付いたものを「口付《くちつき》」、付いていないものを「両切り」と呼んだ。42 **夜学**　夜間学校。夜間に通学できるように授業を設定した教育機関。43 **プチ・ブル**　プチブルジョアジーの略。ブルジョアジー（資本階級）とプロレタリアート（労働者階級）の間に位置する。経済的基盤は労働を主とするが、心情的にはブルジョアジーに近い。［フランス語］petit-bourgeois

無知なお世辞には、さすがにむかむかして、よし、もう嘘は、つくまいと屹《き》っとなって、

「こんなお料理、ちっともおいしくございません。なんにもないので、私の窮余の一策なんですよ。」と、私は、ありのまま事実を、言ったつもりなのに、今井田さん御夫婦は、窮余の一策とは、うまいことをおっしゃる、と手をうたんばかりに笑い興じるのである。私は、くやしくて、お箸とお茶椀ほうり出して、大声あげて泣こうかしらと思った。じっとこらえて、無理に、にやにや笑ってみせたら、お母さんまでが、

「この子も、だんだん役に立つようになりましたよ。」と、お母さん、私のかなしい気持ち、ちゃんとわかっていらっしゃる癖に、今井田さんの気持ちを迎えるために、そんなくだらないことを言って、ほほと笑った。お母さん、そんなにまでして、こんな今井田なんかの御機嫌とることは、ないんだ。お客さんと対しているときのお母さんは、お母さんじゃない。ただの弱い女だ。お父さんが、いなくなったからって、こんなにも卑屈になるものか。情けなくなって、何も言えなくなっちゃった。帰ってください、帰ってください。私の父は、立派なお方だ。やさしくて、そうして人格が高いんだ。お父さんがいないからって、そんなに私たちをばかにするんだったら、いま

すぐ帰ってください。よっぽど今井田に、そう言ってやろうと思った。それでも私は、やっぱり弱くて、良夫さんにハムを切ってあげたり、奥さんにお漬物とってあげたり奉仕をするのだ。

ごはんがすんでから、私はすぐに台所へひっこんで、あと片付けをはじめた。早く独りになりたかったのだ。何も、お高くとまっているのではないけれども、あんな人たちとこれ以上、無理に話を合わせてみたり、一緒に笑ってみたりする必要もないように思われる。あんな者にも、礼儀を、いやいや、へつらいを致す必要なんて絶対にない。いやだ。もう、これ以上は嫌だ。私は、つとめられるだけは、つとめたのだ。お母さんだって、きょうの私のがまんして愛想よくしている態度を、嬉しそうに見ていたじゃないか。あれだけでも、よかったんだろうか。強く、世間のつきあいは、つきあい、自分は自分と、はっきり区別しておいて、ちゃんちゃん気持ちよく物事に対応して処理していくほうがいいのか、または、人に悪く言われても、いつでも自分を失わず、[44]韜晦《とうかい》しないでいくほうがいいのか、どっちがいいのか、わからない。一生、

44 韜晦　自分の才能や本心などをごまかして、分からないようにすること。

自分と同じくらい弱いやさしい温かい人たちの中でだけ生活していける身分の人は、うらやましい。苦労なんて、苦労せずに一生すませるんだったら、わざわざ求めて苦労する必要なんてないんだ。そのほうが、いいんだ。

自分の気持ちを殺して、人につとめることは、きっといいことに違いないんだけれど、これからさき、毎日、今井田御夫婦みたいな人たちに無理に笑いかけたり、合槌《あいづち》うたなければならないのだったら、私は、気ちがいになるかもしれない。自分なんて、とても監獄に入れないな、とおかしいことを、ふと思う。監獄どころか、女中さんにもなれない。奥さんにもなれない。いや、奥さんの場合は、ちがうんだ。この人のために一生つくすのだ、とちゃんと覚悟がきまったら、どんなに苦しくとも、真っ黒になって働いて、そうして充分に生き甲斐があるのだから、希望があるのだから、私だって、立派にやれる。あたりまえのことだ。朝から晩まで、くるくるコマ鼠《ねずみ》のように働いてあげる。じゃんじゃんお洗濯をする。たくさんよごれものがたまった時ほど、不愉快なことがない。いらいらして、ヒステリイ[45]になったみたいに落ちつかない。死んでも死にきれない思いがする。よごれものを、全部、一つものこさず洗ってしまって、物干し竿《ざお》にかけるときは、私は、もうこれで、いつ死んでもいいと思うのである。

今井田さん、お帰りになる。何やら用事があるとかで、お母さんを連れて出掛けてしまう。はいはい付いて行くお母さんもお母さんだし、今井田が何かとお母さんを利用するのは、こんどだけではないけれど、今井田御夫婦のあつかましさが、嫌で嫌で、ぶんなぐりたい気持ちがする。門のところまで、皆さんをお送りして、ひとりぼんやり夕闇の路を眺めていたら、泣いてみたくなってしまう。

郵便箱には、夕刊と、お手紙二通。一通はお母さんへ、松坂屋[46]から夏物売出しの御案内。一通は、私へ、いとこの順二さんから。こんど前橋の連隊[47]へ転任することになりました。お母さんによろしく、と簡単な通知である。将校[48]さんだって、そんなにすばらしい生活内容などは、期待できないけれど、でも、毎日毎日、厳酷に無駄なく起居するその規律がうらやましい。いつも身が、ちゃんちゃんと決まっているのだから、気持ちの上から楽なことだろうと思う。私みたいに、何もしたくなければ、いっそ何もしなくてすむのだし、どんな悪いことでもできる状態におかれているのだし、また、

45 ヒステリイ　ヒステリー。一種の神経症をさすが、ここでは、激しい興奮状態のこと。［ドイツ語］Hysterie
46 松坂屋　百貨店の名。47 前橋の連隊　「前橋」は、現在の群馬県前橋市。「連隊」は、軍隊の部隊編成の単位の一つ。48 将校　軍隊で、少尉以上の武官。

勉強しようと思えば、無限といっていいくらいに勉強の時間があるのだし、欲を言ったら、よほどの望みでもかなえてもらえるような気がするし、ここからここまでという努力の限界を与えられたら、どんなに気持ちが助かるかわからない。うんと固くしばってくれると、かえってありがたいのだ。戦地で働いている兵隊さんたちの欲望は、たった一つ、それはぐっすり眠りたい欲望だけだ、と何かの本に書かれてあったけれど、その兵隊さんの苦労をお気の毒に思う半面、私は、ずいぶんうらやましく思った。いやらしい、煩瑣《はんさ》な堂々めぐりの、根も葉もない思案の洪水から、きれいに別れて、ただ眠りたい眠りたいと渇望している状態は、じつに清潔で、単純で、思うさえ爽快を覚えるのだ。私など、これはいちど、軍隊生活でもして、さんざ鍛われたら、少しは、はっきりした美しい娘になれるかもしれない。軍隊生活しなくても、新ちゃんみたいに、素直な人だってあるのに、私は、よくよく、いけない女だ。わるい子だ。新ちゃんは、順二さんの弟で、私とは同じとしなんだけれど、どうしてあんなに、いい子なんだろう。私は、親類中で、いや、世界中で、いちばん新ちゃんを好きだ。新ちゃん、目が見えないんだ。わかいのに、失明するなんて、なんということだろう。こんな静かな晩は、お部屋にお一人でいらして、どんな気持ちだろう。私たちなら、侘《わ》びしくても、本を読んだり、景色を眺めたりして、幾分それをまぎらかすことができるけれど、新ちゃんには、それができないんだ。ただ、黙っているだけなんだ。これまで人一倍、がんばって勉強して、それからテニスも、水泳もお上手だったのだもの、いまの寂しさ、苦しさはどんなだろう。ゆうべも新ちゃんのことを思って、床にはいってから五分間、目をつぶってみた。床にはいって目をつぶっているのでさえ、五分間は長く、胸苦しく感じられるのに、新ちゃんは、朝も昼も夜も、幾日も幾月も、何も見ていないのだ。不平を言ったり、癇癪《かんしゃく》を起こしたり、わがまま言ったりしてくだされば、私もうれしいのだけれど、新ちゃんは、何も言わない。新ちゃんが不平や人の悪口言ったのを聞いたことがない。その上いつも明るい言葉使い、無心の顔つきをしているのだ。それがなおさら、私の胸に、ピンときてしまう。

あれこれ考えながらお座敷を掃いて、それから、お風呂をわかす。お風呂番をしながら、蜜柑《みかん》箱に腰かけ、ちろちろ燃える石炭の灯《ひ》をたよりに学校の宿題を全部すましてしまう。それでも、まだお風呂がわかないので、『濹東綺譚《ぼくとうきたん》』[49]を読み返してみる。

49 『濹東綺譚』 永井荷風《ながいかふう》（一八七九―一九五九年）の小説。「わたくし」が東京の玉の井（現在の墨田区東向島）という私娼窟《ししょうくつ》で出会ったお雪という女との交情を描く。

書かれてある事実は、決して嫌な、汚いものではないのだ。けれども、ところどころ作者の気取りが目について、それがなんだか、やっぱり古い、たよりなさを感じさせるのだ。お年寄りのせいであろうか。でも、外国の作家は、いくらとしとっても、もっと大胆に甘く、対象を愛している。そうして、かえって嫌味が無い。けれども、この作品は、日本では、いいほうの部類なのではあるまいか。わりに嘘のない、静かな諦めが、作品の底に感じられてすがすがしい。この作者のものの中でも、これがいちばん枯れていて、私は好きだ。この作者は、とっても責任感の強いひとのような気がする。日本の道徳に、とてもとても、こだわっているので、かえって反発して、へんにどぎつくなっている作品が多かったような気がする。愛情の深すぎる人に有りがちな偽悪趣味。わざと、あくどい鬼の面をかぶって、それでかえって作品を弱くしている。けれども、この『濹東綺譚』には、寂しさのある動かない強さがある。私は、好きだ。

お風呂がわいた。お風呂場に電灯をつけて、着物を脱ぎ、窓をいっぱいに開け放してから、ひっそりお風呂にひたる。[50]珊瑚《さんご》樹《じゅ》の青い葉が窓から覗いていて、一枚一枚の葉が、電灯の光を受けて、強く輝いている。空には星がキラキラ。なんど見直しても、キラキラ。仰向いたまま、うっとりしていると、自分のからだのほの白さが、わざと見ないのだが、それでも、ぼんやり感じられ、視野のどこかに、ちゃんとはいっている。なお、黙っていると、小さい時の白さと違うように思われてくる。いたたまらない。肉体が、自分の気持ちと関係なく、ひとりでに成長していくのが、たまらなく、困惑する。めきめきと、おとなになってしまう自分を、どうすることもできなく、悲しい。なりゆきにまかせて、じっとして、自分の大人になっていくのを見ているより仕方がないのだろうか。いつまでも、お人形みたいなからだでいたい。お湯をじゃぶじゃぶ掻きまわして、子供の振りをしてみても、なんとなく気が重い。これからさき、生きてゆく理由が無いような気がしてきて、くるしくなる。庭の向こうの原っぱで、おねえちゃん！　と、半分泣きかけて呼ぶ他所《よそ》の子供の声に、はっと胸を突かれた。私を呼んでいるのではないけれども、いまのあの子に泣きながら慕われているその「おねえちゃん」を羨しく思うのだ。私にだって、あんなに慕って甘えてくれる弟が、ひとりでもあったなら、私は、こんなに一日一日、みっともなく、まごついて生きて

50　珊瑚樹　スイカズラ科の常緑高木。生け垣として利用される。

はいない。生きることに、ずいぶん張り合いも出てくるだろうし、一生涯を弟に捧《ささ》げて、つくそうという覚悟だって、できるのだ。ほんとうに、どんなつらいことでも、堪えてみせる。ひとり力んで、それから、つくづく自分をかわいそうに思った。

風呂から上がって、なんだか今夜は、星が気にかかって、庭に出てみる。星が、降るようだ。ああ、もう夏が近い。蛙《かえる》があちこちで鳴いている。麦が、ざわざわいっている。何回、振り仰いでみても、星がたくさん光っている。去年のこと、いや去年じゃない、もう、おとといになってしまった。私が散歩に行きたいと無理言っていると、お父さん、病気だったのに、一緒に散歩に出てくださった。いつも若かったお父さん、ドイツ語の「おまえ百まで、わしゃ九十九まで。」という意味とやらの小唄《こうた》を教えてくださったり、星のお話をしたり、即興の詩を作ってみせたり、ステッキついて、唾をピュッピュッ出し出し、あのパチクリをやりながら一緒に歩いてくださった、よいお父さん。黙って星を仰いでいると、お父さんのこと、はっきり思い出す。あれから、一年、二年経って、私は、だんだんいけない娘になってしまった。ひとりきりの秘密を、たくさんたくさん持つようになりました。

お部屋へ戻って、机のまえに座って頬杖つきながら、机の上の百合《ゆり》の花を眺める。

いいにおいがする。百合のにおいをかいでいると、こうしてひとりで退屈していても、決してきたない気持ちが起きない。この百合は、きのうの夕方、駅のほうまで散歩していって、そのかえりに花屋さんから一本買ってきたのだけれど、それからは、この私の部屋は、まるっきり違った部屋みたいにすがすがしく、襖をするするとあけると、もう百合のにおいが、すっと感じられて、どんなに助かるかわからない。こうして、じっと見ていると、ほんとうにソロモン[51]の栄華以上だと、実感として、肉体感覚として、首肯される。ふと、去年の夏の山形を思い出す。山に行ったとき、崖の中腹に、あんまりたくさん、百合が咲き乱れていたので驚いて、夢中になってしまった。でも、その急な崖には、とてもよじ登ってゆくことができないのが、わかっていたから、どんなに魅かれても、ただ、見ているより仕方がなかった。そのとき、ちょうど近くに居合わせた見知らぬ坑夫[52]が、黙ってどんどん崖によじ登っていって、そしてまたたく中《うち》に、いっぱい、両手で抱えきれないほど、百合の花を折ってきてくれた。そうして、少しも笑わずに、それをみんな私に持たせた。それこそ、いっぱい、いっぱいだった。

51 ソロモン　Solomon　紀元前九六一頃—前九二二年頃。「旧約聖書」に登場するイスラエル王国第三代の王で、通商によりイスラエルの経済を発展させた。　52 坑夫　炭坑などで採掘作業に従事する労働者。

どんな豪勢なステージでも、結婚式場でも、こんなにたくさんの花をもらった人はないだろう。花でめまいがするって、そのとき初めて味わった。その真っ白い大きい大きい花束を両腕をひろげてやっとこさ抱えると、前が全然見えなかった。親切だった、ほんとうに感心な若いまじめな坑夫は、いまどうしているかしら。花を、あぶない所に行って取ってきてくれた、ただ、それだけなのだけれど、百合を見るときには、きっと坑夫を思い出す。

机の引き出しをあけて、かきまわしていたら、去年の夏の扇子が出てきた。白い紙に、[53]元禄《げんろく》時代の女のひとが行儀《ぎょうぎ》わるく座り崩れて、そのそばに、青い[54]酸漿《ほおずき》が二つ書き添えられている。この扇子から、去年の夏が、ふうと煙みたいに立ちのぼる。山形の生活、汽車の中、浴衣、西瓜《すいか》、川、蟬《せみ》、風鈴。急に、これを持って汽車に乗りたくなってしまう。扇子をひらく感じって、よいもの。ぱらぱら骨がほどけていって、急にふわっと軽くなる。クルクルもてあそんでいたら、お母さん帰っていらした。御機嫌がよい。

「ああ、疲れた、疲れた。」といいながら、そんなに不愉快そうな顔もしていない。ひとの用事をしてあげるのがお好きなのだから仕方がない。

「なにしろ、話がややこしくて。」など言いながら着物を着換えお風呂へはいる。お風呂から上がって、私と二人でお茶を飲みながら、へんにニコニコ笑って、お母さん何を言い出すかと思ったら、

「あなたは、こないだから『[55]裸足《はだし》の少女』を見たい見たいと言ってたでしょう？　そんなに行きたいなら、行ってもよござんす。そのかわり、今晩は、ちょっとお母さんの肩をもんでください。働いていくのなら、なおさら楽しいでしょう？」

もう私は嬉しくてたまらない。「裸足の少女」という映画も見たいとは思っていたのだが、このごろ私は遊んでばかりいたので、遠慮していたのだ。それをお母さん、ちゃんと察して、私に用事を言いつけて、私に大手ふって映画見にゆけるように、しむけてくださった。ほんとうに、うれしく、お母さんが好きで、自然に笑ってしまった。

53 元禄時代　江戸時代中期、第五代将軍・徳川綱吉の頃。「元禄」の年号を用いたのは一六八八—一七〇四年。華美な文化が栄えた。54 酸漿　夏に淡黄白色の花が咲いた後、がくが大きくなって果実を包み、初秋、果実が熟して赤く色づく。55 裸足の少女　一九三五年製作のヨゼフ・ロヴェンスキー監督によるチェコスロバキア映画。素直で美しい富農の娘マリーシャと、貧しい青年フランチェックとの悲恋物語。

酸漿

お母さんと、こうして夜ふたりきりで暮らすのも、ずいぶん久しぶりだったような気がする。お母さん、とても交際が多いのだから。お母さんだって、いろいろ世間からばかにされまいと思って努めておられるのだろう。こうして肩をもんでいると、お母さんのお疲れが、私のからだに伝わってくるほど、よくわかる。大事にしよう、と思う。先刻、今井田が来ていたときに、お母さんを、こっそり恨んだことを、恥ずかしく思う。ごめんなさい、と口の中で小さく言ってみる。私は、いつも自分のことだけを考え、思って、お母さんには、やはり、しん底から甘えて乱暴な態度をとっている。お母さんは、その都度、どんなに痛い苦しい思いをするか、そんなものは、てんで、はねつけている自分だ。お父さんがいなくなってからは、お母さんは、ほんとうにお弱くなっているのだ。私自身、くるしいの、やりきれないのと言ってお母さんに完全にぶらさがっているくせに、お母さんが少しでも私に寄りかかったりすると、いやらしく、薄汚いものを見たような気持ちがするのは、本当に、わがまますぎる。お母さんだって、私だって、やっぱり同じ弱い女なのだ。これからは、お母さんと二人だけの生活に満足し、いつもお母さんの気持ちになってあげて、昔の話をしたり、お父さんの話をしたり、一日でもよい、お母さん中心の日を作れるようにしたい。そうして、立派に生き甲斐《がい》を感じたい。お母さんのことを、心では、心配したり、よい娘になろうと思うのだけれど、行動や、言葉に出る私は、わがままな子供ばっかりだ。それに、このごろの私は、子供みたいに、きれいなところさえない。汚れて、恥ずかしいことばかりだ。くるしみがあるの、悩んでいるの、寂しいの、悲しいのって、それはいったい、なんのことだ。はっきり言ったら、死ぬる。ちゃんと知っていながら、ひとことだって、それに似た名詞ひとつ形容詞ひとつ言い出せないじゃないか。ただ、どぎまぎして、おしまいには、かっとなって、まるでなにかみたいだ。むかしの女は、奴隷とか、自己を無視している虫けらとか、人形とか、悪口言われているけれど、いまの私なんかよりは、ずっとずっと、いい意味の女らしさがあって、心の余裕もあったし、忍従を爽やかにさばいていけるだけの叡智《えいち》もあったし、純粋の自己犠牲の美しさも知っていたし、完全に無報酬の、奉仕のよろこびもわきまえていたのだ。

「ああ、いいアンマ[56]さんだ。天才ですね。」

お母さんは、れいによって私をからかう。

56 アンマ　按摩。肩や背中をもみほぐす治療法。ここは、按摩を職業とする人。

「そうでしょう？　心がこもっていますからね。でも、あたしの取柄は、アンマ上下《かみしも》、それだけじゃないんですよ。それだけじゃ、心細いわねえ。もっと、いいとこもあるんです。」

素直に思っていることを、そのまま言ってみたら、それは私の耳にも、とっても爽やかに響いて、この二、三年、私が、こんなに、無邪気に、ものをはきはき言えたことは、なかった。自分のぶんを、はっきり知ってあきらめたときに、はじめて、平静な新しい自分が生まれてくるのかもしれない、と嬉しく思った。

今夜はお母さんに、いろいろの意味でお礼もあって、アンマがすんでから、オマケとして、『クオレ』[57]を少し読んであげる。お母さんは、私がこんな本を読んでいるのを知ると、やっぱり安心なような顔をなさるが、先日私が、ケッセル[58]の『昼顔』を読んでいたら、そっと私から本を取りあげて、表紙をちらっと見て、とても暗い顔をなさって、けれども何も言わずに黙って、そのまますぐに本をかえしてくださったけれど、私もなんだか、いやになって続けて読む気がしなくなった。お母さん、『昼顔』を読んだことがないはずなのに、それでも勘で、わかるらしいのだ。夜、静かな中で、ひとりで声たてて『クオレ』を読んでいると、自分の声がとても大きく間抜けて響いて、読みながら、ときどき、くだらなくなって、お母さんに恥ずかしくなってしまう。あたりが、あんまり静かなので、ばかばかしさが目立つ。『クオレ』は、いつ読んでも、小さいときに読んで受けた感激とちっとも変わらぬ感激を受けて、自分の心も、素直に、きれいになるような気がして、やっぱりいいなと思うのであるが、どうも、声を出して読むのと、目で読むのとでは、ずいぶん感じがちがうので、驚き、閉口の形である。でも、お母さんは、[59]エンリコのところや、ガロオンのところでは、うつむいて泣いておられた。うちのお母さんも、エンリコのお母さんのように立派な美しいお母さんである。

お母さんは、さきにおやすみ。けさ早くからお出掛けだったゆえ、ずいぶん疲れたことと思う。お布団を直してあげて、お布団の裾のところをハタハタ叩いてあげる。お母さんは、いつでも、お床へはいるとすぐ目をつぶる。

57 クオレ　イタリアの小説家デ・アミーチス（一八四六―一九〇八年）の児童小説。クオーレ。邦訳名「愛の学校」。日本では、「母をたずねて三千里」の挿話が有名。［イタリア語］*Cuore*　58 ケッセルの『昼顔』　ケッセル（Joseph Kessel　一八九八―一九七九年）はフランスの小説家。「昼顔」は、人妻の売春を描いた小説。　59 エンリコのところや、ガオロンのところ　「エンリコ」は「クオレ」の主人公で、立派なイタリア人になるべく、勇気や愛などの尊さを学ぶ。「ガオロン」は、エンリコの親友ガッローネ（Garrone）。正義漢で、心優しい少年。

私は、それから風呂場でお洗濯。このごろ、へんな癖で、十二時ちかくなってお洗濯をはじめる。昼間じゃぶじゃぶやって時間をつぶすの、惜しいような気がするのだけれど、反対かもしれない。窓からお月様が見える。しゃがんで、しゃッしゃッと洗いながら、お月様に、そっと笑いかけてみる。お月様は、知らぬ顔をしていた。ふと、この同じ瞬間、どこかのかわいそうな寂しい娘が、同じようにこうしてお洗濯しながら、このお月様に、そっと笑いかけた、たしかに笑いかけた、と信じてしまって、それは、遠い田舎の山の頂上の一軒家、深夜だまって背戸でお洗濯している、くるしい娘さんが、いま、いるのだ、それから、パリイの裏町の汚いアパアトの廊下で、やはり私と同じとしの娘さんが、ひとりでこっそりお洗濯して、このお月様に笑いかけた、とちっとも疑うところなく、望遠鏡でほんとに見とどけてしまったように、色彩も鮮明にくっきり思い浮かぶのである。私たちみんなの苦しみを、ほんとに誰も知らないのだもの。いまに大人になってしまえば、私たちの苦しさ侘びしさは、おかしなものだった、となんでもなく追憶できるようになるかもしれないのだけれど、けれども、その大人になりきるまでの、この長い嫌な期間を、どうして暮らしていったらいいのだろう。誰も教えてくれないのだ。ほっておくよりしようのない、ハシカみたいな病気なのかしら。でも、ハシカで死ぬ人もあるし、ハシカで目のつぶれる人だってあるのだ。放っておくのは、いけないことだ。私たち、こんなに毎日、鬱々したり、かっとなったり、そのうちには、踏みはずし、うんと堕落して取りかえしのつかないからだになってしまって一生をめちゃめちゃに送る人だってあるのだ。また、ひと思いに自殺してしまう人だってあるのだ。そうなってしまってから、世の中のひとたちが、ああ、もう少し生きていたらわかることなのに、もう少し大人になったら、自然とわかってくることなのにと、どんなにくやしがったって、その当人にしてみれば、苦しくて苦しくて、それでも、やっとそこまで堪えて、何か世の中から聞こう聞こうと懸命に耳をすましていても、やっぱり、何かあたりさわりのない教訓を繰り返して、まあ、まあと、なだめるばかりで、私たち、いつまでも、恥ずかしいスッポカシをくっているのだ。私たちは、決して刹那主義ではないけれども、あんまり遠くの山を指さして、あそこまで行けば見はらしがいい、と、それは、きっとその通りで、みじんも嘘のないことは、わかっているのだけれど、現在こんな激しい腹痛を起こしているの

60 背戸　家の裏口。また、裏門。

に、その腹痛に対しては、見て見ぬふりをして、ただ、さあさあ、もう少しのがまんだ、あの山の頂上まで行けば、しめたものだ、とただ、そのことばかり教えている。きっと、誰かが間違っている。わるいのは、あなただ。

お洗濯をすまして、お風呂場のお掃除をして、それから、こっそりお部屋の襖をあけると、百合のにおい。すっとした。心の底まで透明になってしまって、崇高なニヒル[61]、とでもいったような具合になった。しずかに寝巻きに着換えていたら、いままですやすや眠ってるとばかり思っていたお母さん、目をつぶったまま突然言い出したので、びくっとした。お母さん、ときどきこんなことをして、私をおどろかす。

「夏の靴がほしいと言っていたから、きょう渋谷《しぶや》[62]へ行ったついでに見てきたよ。靴も、高くなったねえ。」

「いいの、そんなに欲しくなくなったの。」

「でも、なければ、困るでしょう。」

「うん。」

明日もまた、同じ日が来るのだろう。幸福は一生、来ないのだ。それは、わかっている。けれども、きっと来る、あすは来る、と信じて寝るのがいいのでしょう。わざと、どさんと大きい音たてて布団にたおれる。ああ、いい気持ちだ。布団が冷たいので、背中がほどよくひんやりして、ついうっとりなる。幸福は一夜おくれて来る。ぼんやり、そんな言葉を思い出す。幸福を待って待って、とうとう堪え切れずに家を飛び出してしまって、そのあくる日に、素晴らしい幸福の知らせが、捨てた家を訪れたが、もうおそかった。幸福は一夜おくれて来る。幸福は、――

お庭をカアの歩く足音がする。パタパタパタパタ、カアの足音には、特徴がある。右の前足が少し短く、それに前足はO型でガニだから、足音にも寂しい癖があるのだ。よくこんな真夜中に、お庭を歩きまわっているけれど、何をしているのかしら。カアは、かわいそう。けさは、意地悪してやったけれど、あすは、かあいがってあげます。

私は悲しい癖で、顔を両手でぴったり覆っていなければ、眠れない。顔を覆って、じっとしている。

眠りに落ちるときの気持ちって、へんなものだ。鮒《ふな》か、うなぎか、ぐいぐい釣糸をひっぱるように、なんだか重い、鉛みたいな力が、糸でもって私の頭を、ぐっとひい

61 ニヒル　虚無的。[ラテン語] nihil　62 渋谷　東京都渋谷区の地名。複数の電車の路線が乗り入れる商業街。

て、私がとろとろ眠りかけると、また、ちょっと糸をゆるめる。すると、私は、はっと気を取り直す。また、ぐっと引く。とろとろ眠る。また、ちょっと糸を放す。そんなことを三度か、四度くりかえして、それから、はじめて、ぐうっと大きく引いて、こんどは朝まで。

おやすみなさい。私は、王子さまのいないシンデレラ姫。あたし、東京の、どこにいるか、ごぞんじですか？　もう、ふたたびお目にかかりません。

清《せい》貧《ひん》譚《たん》

発表——一九四一（昭和一六）年
高校国語教科書初出——一九八〇（昭和五五）年
東京書籍『改定　現代国語二』

以下に記すのは、かの[1]『聊斎志異《りようさいしい》』の中の一編である。原文は、千八百三十四字、これを私たちのふつう用いている四百字詰めの原稿用紙に書き写しても、わずかに四枚半くらいの、ごく短い小片にすぎないのであるが、読んでいるうちに様々の空想が湧いて出て、優に三十枚前後の好短編を読了したときと同じくらいの満酌[2]の感を覚えるのである。私は、この四枚半の小片にまつわる私の様々の空想を、そのまま書いてみたいのである。このような仕草が果たして創作の本道かどうか、それには議論もあることであろうが、『聊斎志異』の中の物語は、文学の古典というよりは、故土[3]の口碑[4]に近いものだと私は思っているので、その古い物語を骨子として、二十世紀の日本の作家が、不逞《ふてい》の空想を按配《あんばい》し、かねて自己の感懐を託しもって創作なりと読者にす

1『聊斎志異』中国、清代の怪異小説集。蒲松齢《ほしようれい》（一六四〇—一七一五年）の著。およそ五百編から成る。各編に幽鬼・妖怪などが登場する。怪異小説の代表的作品集として日本でもよく読まれてきた。　2 満酌　なみなみと酒を注ぐこと。　3 故土　ふるさと。　4 口碑　言い伝え。口承。

すめても、あながち深い罪にはなるまいと考えられる。私の新体制も、ロマンチシズム[5]の発掘以外にはないようだ。

むかし江戸、向島《むこうじま》[6]あたりに馬山《まやま》才之助という、つまらない名前の男が住んでいた。ひどく貧乏である。三十二歳、独身である。菊の花が好きであった。よい菊の苗が、どこかにあると聞けば、どのような無理算段をしても、必ずこれを買い求めた。千里[7]をはばからず、と記されてあるから相当のものであることがわかる。初秋のころ、伊《い》豆《ず》[8]の沼津《ぬまづ》[9]あたりによい苗があるということを聞いて、たちまち旅装をととのえ、顔色を変えて発足した。箱根《はこね》[10]の山を越え、沼津に至り、四方八方捜しまわり、やっと一つ、二つのみごとな苗を手に入れることができ、そいつを宝物のように大事に油紙に包んで、にやりと笑って帰途についた。ふたたび箱根の山を越え、小田原《おだわら》[11]のまちが眼下に展開してきたころに、ぱかぱかと背後に馬蹄《ばてい》の音が聞こえた。ゆるい足並みで、その馬蹄の音が、いつまでも自分と同じ間隔を保ったままで、それ以上ちかく迫るでもなし、また遠のきもせず、変わらずぱかぱかついてくる。才之助は、菊の良種を得たことで、有頂天なのだから、そんな馬の足音なぞは気にしない。けれども、小田原を過ぎ二里行き、三里行き、四里行っても、相変わらず同じ間隔で、ぱかぱかと馬蹄の音がついてくる。才之助も、はじめて少し変だと気がついて、振りかえって見ると、美しい少年が奇妙に痩せた馬に乗り、自分から十間[12]と離れていないところを歩いている。才之助の顔を見て、にっと笑ったようである。知らぬふりをしているのも悪いと思って、才之助も、ちょっと立ちどまって笑い返した。少年は、近寄って馬から下り、

「いいお天気ですね。」と言った。

「いいお天気です。」才之助も賛成した。

少年は馬をひいて、そろそろ歩き出した。才之助も、少年と肩をならべて歩いた。よく見ると少年は、武家の育ちでもないようであるが、それでも人品は、どこやら典雅で服装も小ざっぱりしている。物腰が、鷹揚《おうよう》[13]である。

---

5 **ロマンチシズム**　ロマン主義。古典主義に対し、個我の解放や自由な想像力の発露を重んじる芸術上の主義。［英語］romanticism　6 **向島**　隅田川東岸にある地名。現在の東京都墨田区向島。　7 **里**　距離の単位。一里は、日本では約四キロメートル、中国では約〇・五キロメートル。　8 **伊豆**　静岡県の伊豆半島。またその旧国名。　9 **沼津**　現在の静岡県沼津市。伊豆半島西岸にあり、当時東海道五十三次の一つ。　10 **箱根の山**　箱根山。静岡県・神奈川県にまたがる山塊で、東海道の主要な関所の一つだった。　11 **小田原**　現在の神奈川県小田原市。城下町で、箱根の東側にあり、東海道五十三次の一つ。　12 **間**　長さの単位。一間は、約一・八メートル。　13 **鷹揚**　態度やふるまいがゆったりとしているさま。

「江戸へ、おいでになりますか。」と、ひどくなれなれしい口調で問いかけてくるので、才之助もそれにつられて気をゆるし、

「はい、江戸へ帰ります。」

「江戸のおかたですね。どちらからのお帰りですか。」旅の話は、きまっている。それからそれと問い答え、ついに才之助は、こんどの旅行の目的全部を語って聞かせた。

少年は急に目を輝かせて、

「そうですか。菊がお好きとは、たのもしいことです。菊については、私にも、いささか心得があります。菊は苗の良し悪《あ》しよりも、手当ての仕方ですよ。」と言って、自分の栽培の仕方を少し語った。菊気違いの才之助は、たちまち熱中して、

「そうですかね。私は、やっぱり苗が良くなくちゃいけないと思っているんですが。たとえば、ですね、――。」と、かねて抱懐している該博なる菊の知識を披露しはじめた。少年は、あらわに反対はしなかったが、でも、時々さしはさむ簡単な疑問の呟《つぶや》きの底には、並々ならぬ深い経験が感取せられるので、才之助は、躍起になって言えば言うほど、自信を失い、はては泣き声になり、

「もう、私は何も言いません。理論なんて、ばからしいですよ。実際、私の家の菊の

苗を、お見せするよりほかはありません。」

「それは、そうです。」少年は落ちついてうなずいた。才之助は、やり切れない思いである。なんとかして、この少年に、自分の庭の菊を見せてやって、あっと言わせてやりたく、むずむず身悶《みもだ》えしていた。

「それじゃ、どうです。」才之助は、もはや思慮分別を失っていた。「これから、まっすぐに、江戸の私の家まで一緒にいらしてくださいませんか。ひとめでいいから、私の菊を見てもらいたいものです。ぜひ、そうしていただきたい。」

少年は笑って、

「私たちは、そんなのんきな身分ではありません。これから江戸へ出て、つとめ口を捜さなければいけません。」

「そんなことは、なんでもない。」才之助は、すでに騎虎《きこ》[14]の勢いである。「まず私の家へいらして、ゆっくり休んで、それからお捜しになったっておそくはない。とにかく

14 騎虎の勢い　やりかけたことを中途でやめられないことのたとえ。「騎虎」は、虎に乗ること。下りると虎に食われてしまうことから生まれたことば。

私の家の菊を、いちどご覧にならなくちゃいけません。」

「これは、たいへんなことになりました。」少年も、もはや笑わず、まじめな顔をして考え込んだ。しばらく黙って歩いてから、ふっと顔を挙げ、「実は、私たち沼津の者で、私の名前は、陶本三郎《とうもとさぶろう》と申しますが、早くから父母を失い、姉と二人きりで暮らしていました。このごろになって急に姉が、沼津をいやがりまして、どうしても江戸へ出たいと言いますので、私たちは身のまわりのものをいっさい整理して、ただいま江戸へ上る途中なのです。江戸へ出たところで、何の目当てもございませんし、思えば心細い旅なのです。のんきに菊の花など議論している場合じゃなかったのでした。私も菊の花は、いやでないものですから、つい、余計のおしゃべりをしてしまいました。もう、よしましょう。どうか、あなたも忘れてください。これで、おわかれいたします。考えてみると、いまの私たちは、菊の花どころではなかったのです。」とさびしそうな口調で言って目礼し、傍らの馬に乗ろうとしたが、才之助は固く少年の袖をとらえて、

「待ちたまえ。そんなことなら、なおさら私の家へ来てもらわなくちゃいかん。くよくよしたもうな。私だって、ひどく貧乏だが、君たちを世話することぐらいはできる

つもりです。まあ、いいから私に任せてください。姉さんも一緒だとおっしゃったが、どこにいるんです。」

見渡すと、先刻気づかなかったが、痩せ馬の陰に、ちらと赤い旅装の娘のいるのが、わかった。才之助は、顔をあからめた。

才之助の熱心な申し入れを拒否しかねて、姉と弟は、とうとうかれの向島の陋屋《ろうおく》[15]に ひとまず世話になることになった。来てみると、才之助の家は、かれの話以上に貧しく荒れはてているので、姉弟《きょうだい》は、互いに顔を見合わせてため息をついた。才之助は、いっこう平気で、旅装もほどかず何よりも先に、自分の菊畑に案内し、いろいろ自慢して、それから菊畑の中の納屋を姉弟たちの当分の住居として指定してやったのである。かれの寝起きしている母屋は汚くて、それこそ足の踏み場もないほど退廃していて、むしろこの納屋のほうが、ずっと住みよいくらいなのである。

「姉さん、これあいけない。とんだ人のところに世話になっちゃったね。」陶本の弟は、その納屋で旅装を解きながら、姉に小声で囁《ささや》いた。

15 陋屋　狭くてみすぼらしい家。

「ええ、」姉は微笑して、「でも、のんきでかえっていいわ。庭も広いようだし、これからお前が、せいぜいよい菊を植えてあげて、御恩報じ[16]をしたらいいのよ。」

「おやおや、姉さんは、こんなところに、ずっと永くいるつもりなのですか？」

「そうよ。私は、ここが気に入ったわ。」と言って顔を赤くした。姉は、二十歳くらいで、色が溶けるほど白く、姿もすらりとしていた。

その翌朝、才之助と陶本の弟とは、もう議論をはじめていた。姉弟たちが代わる代わる乗って、ここまで連れてきたあの老いた痩せ馬がいなくなっているのである。ゆうべたしかに菊畑の隅に、つないでおいたはずなのに、けさ、才之助が起きて、まず菊の様子を見に畑へ出たら、馬はいない。しかも、畑を大いに走り回ったらしく、菊は食い荒らされ、痛めつけられ、さんざんである。才之助は仰天して、納屋の戸をたたいた。弟が、すぐに出てきた。

「どうなさいました。何かご用ですか。」

「見てください。あなたたちの痩せ馬が、私の畑をめちゃめちゃにしてしまいました。私は、死にたいくらいです。」

「なるほど。」少年は、落ちついていた。「それで？　馬は、どうしました。」

「馬なんか、どうだっていい。逃げちゃったんでしょう。」

「それは惜しい。」

「何を、おっしゃる。あんな痩せ馬。」

「痩せ馬とは、ひどい。あれは、利巧な馬です。すぐさまさがしにいってきましょう。こんな菊畑なんか、どうでもいい。」

「なんですって？」才之助は、あおくなって叫んだ。「君は、私の菊畑を侮蔑するのですか？」

姉が、納屋から、幽《かす》かに笑いながら出てきた。

「三郎や、あやまりなさい。あんな痩せ馬は、惜しくありません。私が、逃がしてやったのです。それよりも、この荒らされた菊畑を、すぐに手入れしておあげなさいよ。御恩報じの、いい機会じゃないの。」

「なあんだ。」三郎は、深いため息をついて、小声で呟いた。「そんなつもりだったのかい。」

16 御恩報じ　受けた恩に報いること。

弟は、しぶしぶ、菊畑の手入れに取りかかった。見ていると、葉を食いちぎられ、打ち倒され、もはや枯死しかけている菊も、三郎の手によって植え直されると、さっと生気を回復し、茎はたっぷりと水分を含み、花のつぼみは重く柔らかに、しおれた葉さえ徐々にその静脈に波打たせて伸び腰する。才之助は、ひそかに舌を巻いた。けれども、かれとても菊作りの志士である。プライドがあるのだ。どてら[17]の襟をかき合わせ、努めて冷然と、

「まあ、いいようにしておいてください。」と言い放って母屋へ引き上げ、布団かぶって寝てしまったが、すぐに起き上がり、雨戸の隙間から、そっと畑を覗《のぞ》いてみた。菊は、やはり凛乎《りんこ》[18]と生き返っていた。

その夜、陶本三郎が、笑いながら母屋へやってきて、

「どうも、けさほどは失礼いたしました。ところで、どうです。いまも姉と話し合ったことでしたが、お見受けしたところ、失礼ながら、あまり楽なお暮らしでもないようですし、私に半分でも畑をお貸しくだされば、いい菊を作ってさしあげましょうから、それを浅草《あさくさ》[19]あたりへ持ち出してお売りになったら、よろしいではありませんか。ひとつ、大いによい菊を作ってさしあげたいと思います。」

才之助は、けさは少なからず、菊作りとしての自尊心を傷つけられていることとて、不機嫌であった。

「お断り申す。君も、卑劣な男だねえ。」と、ここぞとばかり口をゆがめて軽蔑した。「私は、君を、風流な高士[20]だとばかり思っていたが、いや、これは案外だ。おのれの愛する花を売って米塩《べいえん》の資[21]を得るなどとは、もってのほかです。菊を凌辱《りょうじょく》するとは、このことです。おのれの高い趣味を、金銭に換えるなぞとは、ああ、けがらわしい、お断り申す。」と、まるで、さむらいのような口調で言った。

三郎も、むっとした様子で、語調を変えて、

「天からもらった自分の実力で米塩の資を得ることは、必ずしも富をむさぼる悪業ではないと思います。俗といって軽蔑するのは、間違いです。お坊ちゃんの言うことです。いい気なものです。人は、むやみに金を欲しがってもいけないが、けれども、やたらに貧乏を誇るのも、嫌みなことです。」

17 どてら　防寒用に着用する、綿入れの和服。丹前。18 凜乎　りりしいさま。19 浅草　現在の東京都台東区の地名。浅草寺《せんそうじ》を中心ににぎわっていた。20 高士　高潔な志をもった人。21 米塩の資　生活費。

「私は、いつ貧乏を誇りました。私には、祖先からの多少の遺産もあるのです。自分ひとりの生活には、それで充分なのです。これ以上の富は望みません。よけいな、おせっかいは、やめてください。」

またもや、議論になってしまった。

「それは、狷介《けんかい》[22]というものです。」

「狷介、結構です。お坊ちゃんでも、かまいません。私は、私の菊と喜怒哀楽をともにして生きていくだけです。」

「それは、わかりました。」三郎は、苦笑してうなずいた。「ところで、どうでしょう。あの納屋の裏のほうに、十坪[23]ばかりの空き地がありますが、あれだけでも、私たちに、しばらく拝借ねがえないでしょうか。」

「私は物惜しみをする男ではありません。納屋の裏の空き地だけでは不足でしょう。私の菊畑の半分は、まだ何も植えていませんから、その半分もお貸しいたしましょう。ご自由にお使いください。なお断っておきますが、私は、菊を作って売ろうなどという下心のある人たちとは、おつき合いいたしかねますから、きょうからは、他人と思っていただきます。」

「承知いたしました。」三郎は大いに閉口の様子である。「お言葉に甘えて、それでは畑も半分だけお借りしましょう。なお、あの納屋の裏に、菊の屑《くず》の苗が、たくさん捨てられてありますけれど、あれもちょうだいいたします。」

「そんなつまらぬことを、いちいちおっしゃらなくてもよろしい。」

不和のままで、わかれた。そのあくる日、才之助は、さっさと畑を二つにわけて、その境界に高い生け垣を作り、お互いに見えないようにしてしまった。両家は、絶交したのである。

やがて、秋たけなわのころ、才之助の畑の菊も、すべてみごとな花を開いたが、どうも、お隣の畑のほうが気になって、ある日、そっと覗いてみると、驚いた。いままで見たこともないような大きな花が畑いちめんに、咲き揃《そろ》っている。納屋もこぎれいに修理されていて、さも居心地よさそうなしゃれた構えの家になっている。才之助は、心中おだやかでなかった。菊の花は、あきらかに才之助の負けである。しかも瀟洒《しょうしゃ》な家さえ建てている。きっと菊を売って、大いにお金をもうけたのにちがいない。けし

22 狷介　片意地。頑固。　23 坪　面積の単位。一坪は、約三・三平方メートル。

からぬ。こらしめてやろうと、義憤やら嫉妬やら、さまざまの感情が怪しくごたごた胸をゆすぶり、いたたまらなくなって、ついに生け垣を乗り越え、お隣の庭に闖入《ちんにゆう》してしまったのである。花一つ一つを、見れば見るほど、よくできている。花弁の肉も厚く、力強く伸び、精いっぱいに開いて、花輪は、ぷりぷり震えているほどで、いのち限りに咲いているのだ。なお注意して見ると、それは皆、自分が納屋の裏に捨てた、あの屑の苗から咲いた花なのである。

「ううむ。」と思わずうなってしまったとき、

「いらっしゃい。お待ちしていました。」と背後から声をかけられ、へどもどして振り向くと、陶本の弟が、にこにこ笑いながら立っている。

「負けました。」才之助は、やけくそに似た大きい声で言った。「私は潔い男ですからね、負けたときには、はっきり、負けたと申し上げます。どうか、君の弟子にしてくださいい。これまでの行きがかりは、さらりと、」と言って自分の胸をなで下ろしてみせて、「さらりと水に流すことにいたしましょう。けれども、——。」

「いや、そのさきは、おっしゃらないでください。私は、あなたのような潔癖の精神は持っていませんので、ご推察のとおり、菊を少しずつ売っております。けれども、

どうか軽蔑なさらないでください。姉も、いつもそのことを気にかけております。私たちだって、精いっぱいなのです。私たちには、あなたのように、父祖の遺産というものもございませんし、ほんとうに、菊でも売らなければ、のたれ死にするばかりなのです。どうか、お見逃しくださって、これを機会に、またおつき合いを願います。」と言って、うなだれている三郎の姿を見ると、才之助も哀れになってきて、

「いや、いや、そう言われると痛み入ります。私だって、何も、君たち姉弟を嫌っているわけではないのです。殊に、これからは君を菊の先生として、いろいろ教えてもらおうと思っているのですから、どうか、私こそ、よろしくお願いいたします。」と神妙に言って一礼した。

いったんは和解成って、間の生け垣も取り払われ、両家の往来がはじまったのであるが、どうも、時々は議論が起こる。

「君の菊の花の作り方には、なんだか秘密があるようだ。」

「そんなことは、ありません。私は、これまで全部あなたにお伝えしたはずです。あとは、指先の神秘です。それは、私にとっても無意識なもので、なんと言ってお伝えしたらいいのか、私にもわかりません。つまり、才能というものなのかもしれませ

ん。」

「それじゃ、君は天才で、私は鈍才だというわけだね。いくら教えても、だめだというわけだね。」

「そんなことを、おっしゃっては困ります。あるいは、私の菊作りは、いのちがけで、これをみごとに作って売らなければ、ごはんをいただくことができないのだという、そんなせっぱつまった気持ちで作るから、花も大きくなるのではないかとも思われます。あなたのように、趣味でお作りになる方は、やはり好奇心や、自負心の満足だけなのですから。」

「そうですか。私にも菊を売れと言うのですね。君は、私にそんな卑しいことをすすめて、恥ずかしくないかね。」

「いいえ、そんなことを言っているのではありません。あなたは、どうして、そうなんでしょう。」

どうも、しっくりいかなかった。陶本の家は、いよいよ富んでいくばかりの様であった。そのあくる年の正月には、才之助に一言の相談もせず、大工を呼んでいきなり大邸宅の建築に取りかかった。その邸宅の一端は、才之助の茅屋《ぼうおく》の一端に、ほとんど

密着するくらいであった。才之助は、再び隣家と絶交しようと思いはじめた。ある日、三郎がまじめな顔をしてやってきて、

「姉さんと結婚してください。」と思いつめたような口調で言った。

才之助は、頬を赤らめた。はじめ、ちらと見たときから、あの柔らかな清らかさを忘れかねていたのである。けれども、やはり男の意地で、へんな議論をはじめてしまった。

「私には結納《ゆいのう》のお金もないし、妻を迎える資格がありません。君たちは、このごろ、お金持ちになったようだからねえ。」と、かえって嫌みを言った。

「いいえ、みんな、あなたのものです。姉は、はじめから、そのつもりでいたのです。結納なんてものも要りません。あなたが、このまま、私の家へおいでくだされたら、それでいいのです。姉は、あなたを、お慕い申しております。」

才之助は、狼狽《ろうばい》を押し隠して、

「いや、そんなことは、どうでもいい。私には私の家があります。入り婿は、まっぴらです。私も正直に言いますが、君の姉さんを嫌いではありません。はははは、」と豪傑らしく笑ってみせて、「けれども、入り婿は、男子として最も恥ずべきことです。

お断りいたします。帰って姉さんに、そう言いなさい。清貧が、いやでなかったら、いらっしゃい、と。」

喧嘩《けんか》わかれになってしまった。けれどもその夜、才之助の汚い寝所に、ひらりと風に乗って白い柔らかい蝶《ちょう》が忍び入った。

「清貧は、いやじゃないわ。」と言って、くつくつ笑った。娘の名は、黄英《きえ》といった。

しばらく二人で、茅屋に住んでいたが、黄英は、やがてその茅屋の壁に穴をあけ、それに密着している陶本の家の壁にも同様に穴を穿《うが》ち、自由に両家が交通できるようにしてしまった。そうして自分の家から、あれこれと必要な道具を、才之助の家に持ち運んでくるのである。才之助には、それが気になってならなかった。

「困るね。この火鉢だって、この花瓶だって、みんなおまえの家のものじゃないか。女房の持ち物を、亭主が使うのは、実に面目ないことなのだ。こんなものは、持ってこないようにしてくれ。」と言って叱りつけても、黄英は笑っているばかりで、やはり、ちょいちょい持ち運んでくる。清廉の士をもって任じている才之助は、大きい帳面を作り、左の品々一時お預かり申し候《そうろう》と書いて、黄英の運んでくる道具をいちいち記入しておくことにした。けれども今は、身のまわりの物すべて、黄英の道具である。

いちいち記入していくならば、帳面が何冊あっても足りないくらいであった。才之助は絶望した。

「おまえのおかげで、私もとうとう髪結いの亭主[24]みたいになってしまった。女房のおかげで、家が豊かになるということは男子として最大の不名誉なのだ。私の三十年の清貧も、おまえたちのためにめちゃめちゃにされてしまった。」とある夜、しみじみ愚痴をこぼした。黄英も、さすがにさびしそうな顔になって、

「私が悪かったのかもしれません。私は、ただ、あなたのお情けにお報いしたくて、いろいろ心をくだいて今まで取り計らってきたのですが、あなたが、それほど深く清貧に志しておられるとは存じ寄りませんでした。では、この家の道具も、私の新築の家も、みんなすぐ売り払うようにしましょう。そのお金を、あなたがお好きなように使ってしまってください。」

「ばかなことを言っては、いけない。私ともあろうものが、そんな不浄なお金を受け取ると思うか。」

24 髪結いの亭主　妻の働きによって養われている男のたとえ。

「では、どうしたら、いいのでしょう。」黄英は、泣き声になって、「三郎だって、あなたに御恩報じをしようと思って、毎日、菊作りに精出して、ほうぼうのお屋敷にせっせと苗をおとどけしてはお金をもうけているのです。どうしたら、いいのでしょう。あなたと私たちとは、まるで考えかたが、あべこべなんですもの。」

「わかれるよりほかはない。」才之助は、言葉の行きがかりから、さらにさらに立派なことを言わなければならなくなって、心にもないつらい宣言をしたのである。「清い者は清く、濁れる者は濁ったままで暮らしていくよりほかはない。私には、人にかれこれ命令する権利はない。私がこの家を出ていきましょう。あしたから、私はあの庭の隅に小屋を作って、そこで清貧を楽しみながら寝起きすることにいたします。」ばかなことになってしまった。けれども男子は一度言い出したからには、のっぴきならず、あくる朝さっそく庭の隅に一坪ほどの掛[25]け小屋を作って、そこに引きこもり、寒さに震えながら正座していた。けれども、二晩そこで清貧を楽しんでいたら、どうにも寒くて、たまらなくなってきた。三晩目には、とうとう我が家の雨戸を軽くたたいたのである。雨戸が細くあいて、黄英の白い笑顔があらわれ、

「あなたの潔癖も、あてになりませんわね。」

才之助は、深く恥じた。それからは、ちっとも剛情を言わなくなった。墨堤の桜が咲きはじめるころになって、陶本の家の建築はまったく成り、そうして才之助の家と、ぴったり密着して、もう両家の区別がわからないようになった。才之助は、いまはそんなことには少しも口出しせず、すべて黄英と三郎に任せ、自分は近所の者と将棋ばかりさしていた。一日、一家三人、墨堤《ぼくてい》[26]の桜を見に出かけた。ほどよいところに重箱をひろげ、才之助は持参の酒を飲みはじめ、三郎にもすすめた。姉は、三郎に飲んではいけないと目で知らせたが、三郎は平気で杯を受けた。

「姉さん、もう私は酒を飲んでもいいのだよ。家にお金も、たくさんたまったし、私がいなくなっても、もう姉さんたちは一生あそんで暮らせるでしょう。菊を作るのにも、あきちゃった。」と妙なことを言って、やたらに酒を飲むのである。やがて酔いつぶれて、寝ころんだ。みるみる三郎のからだは溶けて、煙となり、あとには着物と草履だけが残った。才之助は驚愕《きょうがく》して、着物を抱き上げたら、その下の土に、水々しい菊の苗が一本生えていた。はじめて、陶本姉弟が、人間でないことを知った。けれ

25 掛け小屋　臨時にこしらえた小屋。仮小屋。26 墨堤　隅田川の堤。桜の名所で、花見でにぎわっていた。

ども、才之助は、いままではまったく姉弟の才能と愛情に敬服していたのだから、嫌厭《けんえん》の情は起こらなかった。哀《かな》しい菊の精の黄英を、いよいよ深く愛したのである。かの三郎の菊の苗は、わが庭に移し植えられ、秋にいたって花を開いたが、その花は薄紅色で幽かにぽっと上気して、嗅いでみると酒の匂いがした。黄英のからだについては、「亦《また》他異無し。」と原文に書かれてある。つまり、いつまでもふつうの女体のままであったのである。

水《すい》仙《せん》

発表——一九四二（昭和一七）年
高校国語教科書初出——一九九五（平成七）年
筑摩書房『現代文』

「[1]忠直卿《ただなおきょう》行状記」という小説を読んだのは、僕が十三か、四のときのことで、それっきり再読の機会を得なかったが、あの一編の筋書きだけは、二十年後のいまもなお、忘れずに記憶している。奇妙にかなしい物語であった。

剣術の上手な若い殿様が、家来たちと試合をして片っ端から打ち破って、大いに得意で庭園を散歩していたら、いやな囁《ささや》きが庭の暗闇の奥から聞こえた。

「殿様もこのごろは、なかなかの御上達だ。負けてあげるほうも楽になった。」

「あははは。」

家来たちの不用心な私語である。

それを聞いてから、殿様の行状は一変した。真実を見たくて、狂った。家来たちに真剣勝負を挑んだ。けれども家来たちは、真剣勝負においてさえも、本気に戦ってく

1 忠直卿行状記　越前北ノ庄（福井）藩主・松平忠直をモデルとした菊池寛の小説。一九一八年発表。

れなかった。あっけなく殿様が勝って、家来たちは死んでゆく。殿様は、狂いまわった。すでに、おそるべき暴君である。ついには家も断絶せられ、その身も監禁せられる。

たしか、そのような筋書きであったと覚えているが、その殿様を僕は忘れることができなかった。ときどき思い出しては、溜《た》め息《いき》をついたものだ。

けれども、このごろ、気味の悪い疑念が、ふいと起こって、誇張ではなく、夜も眠られぬくらいに不安になった。その殿様は、本当に剣術の素晴らしい名人だったのではあるまいか。家来たちも、わざと負けていたのではなくて、本当に殿様の腕前には、かなわなかったのではあるまいか。庭園の私語も、家来たちの卑劣な負け惜しみにすぎなかったのではあるまいか。あり得ることだ。僕たちだって、よい先輩にさんざん自分たちの仕事を罵倒せられ、その先輩の高い情熱と正しい感覚に、ほとほと参ってしまっても、その先輩とわかれた後で、

「あの先輩もこのごろは、なかなかの元気じゃないか。もういたわってあげる必要もないようだ。」

「あははは。」

などという実に、賤《いや》しい私語を交わした夜も、ないわけではあるまい。それは、あり得ることなのである。家来というものは、その人柄において、かならず、殿様よりも劣っているものである。あの庭園の私語も、家来たちのひねこびた自尊心を満足させるための、きたない負け惜しみにすぎなかったのではあるまいか。とすると、慄然とするのだ。殿様は、真実をつかみながら、真実を追い求めて狂ったのだ。殿様は、事実、剣術の名人だったのだ。家来たちは、決してわざと負けていたのではなかった。事実、かなわなかったのだ。それならば、殿様が勝ち、家来が負けるというのは当然のことで、後でごたごたの起こるべきはずはないのであるが、やっぱり、大きい惨事が起こってしまった。殿様が、御自分の腕前に確乎《かっこ》不動の自信を持っていたならば、なんの異変も起こらず、すべてが平和であったのかもしれぬが、古来、天才は自分の真価を知ること甚だうといものだそうである。自分の力が信じられぬ。そこに天才の煩悶《はんもん》と、深い祈りがあるのであろうが、僕は俗人の凡才だから、その辺のことは正確に説明できない。とにかく、殿様は、自分の腕前に絶対の信頼を置くことはできなかった。事実、名人の卓抜の腕前を持っていたのだが、信じることができずに狂った。そこには、殿様という隔絶された御身分による不幸もあったに違いない。僕たち長屋

住居の者であったら、

「お前は、おれを偉いと思うか。」

「思いません。」

「そうか。」

というだけですむことも、殿様ともなればそうもいくまい。天才の不幸、殿様の不幸、という具合に考えてくると、いよいよ僕の不安が増大してくるばかりである。似たような惨事が、僕の身辺において起ったのだ。その事件のために、僕は、あの「忠直卿行状記」を自《おの》ずから思い出し、そうして一夜、ふいと恐ろしい疑念にとりつかれたりなどして、あれこれ思い合わせ、誇張ではなく、夜も眠られぬほど不安になった。あの殿様は、本当に剣術がすばらしく強かったのではあるまいか。けれども問題は、もはやその殿様の身の上ではない。

僕の忠直卿は、三十三歳の女性である。そうして僕の役割は、あの、庭園であさましい負け惜しみを言っていた家来であったかもしれないのだから、いよいよ、やり切れない話である。

草田《くさだ》惣兵衛《そうべえ》氏の夫人、草田静子《しずこ》。このひとが突然、あたしは天才だ、と言って家出したというのだから、驚いた。草田氏の家と僕の生家とは、別に血のつながりはないのだが、それでも先々代あたりからお互いに親しく交際している。交際している、などと言うと聞こえもいいけれど、実情は、僕の生家の者たちは草田氏の家に出入りを許されている、とでも言ったほうが当たっている。俗にいう御身分も、財産も、僕の生家などとは、まるで段違いなのである。いわば、僕の生家のほうで、交際をお願いしているというような具合なのである。まさしく、殿様と家来である。当主の惣兵衛氏は、まだ若い。若いといっても、もう四十は越している。東京帝国大学の経済科を卒業してから、フランスへ行き、五、六年あそんで、日本へ帰るとすぐに遠い親戚筋の家(この家は、のち間もなく没落した)その家のひとり娘、静子さんと結婚した。夫婦の仲も、まず円満、と言ってよい状態であった。一女をもうけ、玻璃子《はりこ》と名づけた。パリイを、もじったものらしい。惣兵衛氏は、ハイカラ[2]な人である。背の高い、堂々たる美男である。いつも、にこにこ笑っている。いい洋画を、たくさん持っている。ドガ[3]の競馬の画が、その中でもいちばん自慢のものらしい。けれども、自分の趣

[2] ハイカラ　西洋風で目新しい。[3] ドガ　Hilaire Germain Edgar Degas　一八三四―一九一七年。フランスの画家。競馬、オーケストラ、バレエなどの絵を斬新な手法で描いた。

味の高さを誇るような素振りは、ちっとも見せない。美術に関する話も、あまりしない。毎日、自分の銀行に通勤している。要するに、一流の紳士である。六年前に先代がなくなって、すぐに惣兵衛氏が、草田の家を嗣《つ》いだのである。

夫人は、——ああ、こんな身の上の説明をするよりも、僕は数年前の、ある日のささやかな事件を描写しよう。そのほうが早道である。三年前のお正月、僕は草田の家に年始に行った。僕は、友人にも時たまそれを指摘されるのだが、よっぽど、ひがみ根性の強い男らしい。ことに、八年前ある事情で生家から離れ、自分ひとりで、極貧に近いその日暮らしをはじめるようになってからは、いっそう、ひがみも強くなった様子である。ひとに侮辱をされはせぬかと、散りかけている枯れ葉のように絶えずぷるぷる命を賭けて緊張している。やり切れない悪徳である。僕は、草田の家には、めったに行かない。生家の母や兄は、今でもちょいちょい草田の家に、お伺いしているようであるが、僕だけは行かない。高等学校[4]のころまでは、僕も無邪気に遊びに行っていたのであるが、大学へはいってからは、もういやになった。草田の家の人たちは、みんないい人ばかりなのであるが、どうも行きたくなくなった。金持ちはいやだ、という単純な思想を持ちはじめていたのである。それが、どうして、三年前のお正月に限って、お年始などに行く気になったかというと、それは、そもそも僕自身が、だらしなかったからである。その前年の師走、草田夫人から僕に、突然、招待の手紙が来たのである。

――しばらくお逢《あ》いいたしません。来年のお正月には、ぜひとも遊びにおいでください。主人も、たのしみにして待っております。主人も私も、あなたの小説の読者です。

最後の一句に、僕は浮かれてしまったのだ。恥ずかしいことである。そのころ、僕の小説も、少し売れはじめていたのである。白状するが、僕はそのころ、いい気になっていた。危険な時期であったのである。ふやけた気持ちでいた時、草田夫人からの招待状が来て、あなたの小説の読者ですなどと言われたのだから、たまらない。ほくそ笑んで、御招待まことにありがたく云々《うんぬん》と色気たっぷりの返事を書いて、そうしてあくる年の正月一日に、のこのこ出かけて行って、みごと、眉間をざくりと割られるほどの大恥辱を受けて帰宅した。

4 高等学校　ここでは、旧学制における高等学校のこと。

その日、草田の家では、ずいぶん僕を歓待してくれた。他の年始のお客にも、いちいち僕を「流行作家」として紹介するのだ。僕は、それを揶揄《やゆ》、侮辱の言葉と思わなかったばかりか、ひょっとしたら僕はもう、流行作家なのかもしれないと考え直してみたりなどしたのだから、話にならない。みじめなものである。僕は酔った。惣兵衛氏を相手に大いに酔った。もっとも、酔っぱらったのは僕ひとりで、惣兵衛氏は、いくら飲んでも顔色も変わらず、そうして気弱そうに、無理に微笑して、僕の文学談を聞いている。

「ひとつ、奥さん、」と僕は図に乗って、夫人へ杯をさした。「いかがです。」

「いただきません。」夫人は冷たく答えた。それが、なんとも言えず、骨のずいに徹するくらいの冷厳な語調であった。底知れぬ軽蔑感が、そのたった一語に、こめられてあった。僕は、まいった。酔いもさめた。けれども苦笑して、

「あ、失礼。つい酔いすぎて。」と軽く言ってその場をごまかしたが、腸《はらわた》が煮えくりかえった。さらに一つ。僕は、もうそれ以上お酒を飲む気もせず、ごはんを食べることにした。蜆汁《しじみじる》がおいしかった。せっせと貝の肉を箸でほじくり出して食べていたら、

「あら、」夫人は小さい驚きの声を挙げた。「そんなもの食べて、なんともありませ

ん？」無心な質問である。

思わず箸とおわんを取り落としそうだった。この貝は、食べるものではなかったのだ。蜆汁は、ただその汁だけを飲むものらしい。貝は、ダシだ。貧しい者にとっては、この貝の肉だってなかなかおいしいものだが、上流の人たちは、この肉を、たいへん汚いものとして捨てるのだ。なるほど、蜆の肉は、お臍《へそ》みたいで醜悪だ。僕は、何も返事ができなかった。無心な驚きの声であっただけに、手痛かった。ことさらに上品ぶって、そんな質問をするのなら、僕にも応答のしようがある。けれども、その声は、全く本心からの純粋な驚きの声なのだから、僕は、まいった。なりあがり者の「流行作家」は、箸とおわんを持ったまま、うなだれて、何も言えない。涙が沸いて出た。あんな手ひどい恥辱を受けたことがなかった。それっきり僕は、草田の家へは行かない。草田の家だけでなく、その後は、他のお金持ちの家にも、なるべく行かないことにした。そうして僕は、意地になって、貧乏の薄汚い生活を続けた。

昨年の九月、僕の陋屋《ろうおく》[5]の玄関に意外の客人が立っていた。草田惣兵衛氏である。

5 陋屋　狭くてみすぼらしい家。

「静子が来ていませんか。」

「いいえ。」

「本当ですか。」

「どうしたのです。」僕のほうで反問した。

何かわけがあるらしかった。

「家は、ちらかっていますから、外へ出ましょう。」きたない家の中を見せたくなかった。

「そうですね。」と草田氏はおとなしくうなずいて、僕のあとについてきた。

少し歩くと、[6]井《い》の頭《かしら》公園である。公園の林の中を歩きながら、草田氏は語った。

「どうもいけません。こんどは、しくじりました。薬が、ききすぎました。」夫人が、家出をしたというのである。その原因が、実にばかげている。数年前に、夫人の実家が破産した。それから夫人は、妙に冷たく取りすました女になった。実家の破産を、非常な恥辱と考えてしまったらしい。なんでもないじゃないか、といくら慰めてやっても、いよいよ、ひがむばかりだという。それを聞いて僕も、お正月の、あの「いただきません」の異様な冷厳が理解できた。静子さんが草田の家にお嫁に来たのは、僕の高等学校時代のことで、そのころは僕も、平気で草田の家にちょいちょい遊びに行っていたし、新夫人の静子さんとも話を交わして、一緒に映画を見に行ったことさえあったのだが、そのころの新夫人は、決してあんな、骨を刺すような口調でものを言う人ではなかった。無知なくらいに明るく笑う人だった。あの元旦に、久し振りで顔を合わせて、すぐに僕は、何も言葉を交わさぬ先から、「変わったなあ。」と思っていたのだが、それではやはり、実家の破産という憂愁が、あの人をあんなにひどく変化させてしまっていたのに違いない。

「ヒステリイ[7]ですね。」僕は、ふんと笑って言った。

「さあ、それが。」草田氏は、僕の軽蔑に気がつかなかったらしく、まじめに考え込んで、「とにかく、僕がわるいんです。おだてすぎたのです。薬がききすぎました。」

草田氏は夫人を慰める一手段として、夫人に洋画を習わせた。一週間にいちどずつ、近所の中泉花仙とかいう、もう六十歳近い下手くそな老画伯のアトリエ[8]に通わせた。

---

6 井の頭公園　東京都の武蔵野《むさしの》市と三鷹《みたか》市にまたがってある公園。 7 ヒステリイ　ヒステリー。一種の神経症をさすが、ここでは、激しい興奮状態のこと。［ドイツ語］Hysterie 8 アトリエ　画家などの仕事部屋。工房。［フランス語］atelier

さあ、それから褒めた。草田氏をはじめ、その中泉という老耄《ろうもう》の画伯と、それから中泉のアトリエに通っている若い研究生たち、また草田の家に出入りしている有象無象、寄ってたかって夫人の画《え》を褒めちぎって、あげくの果ては夫人の逆上ということになり、「あたしは天才だ。」と口走って家出したというのであるが、僕は話を聞きながら何度も噴き出しそうになって困った。なるほど薬がききすぎた。お金持ちの家庭にありがちな、ばかばかしい喜劇だ。

「いつ、飛び出したんです。」僕は、もう草田夫妻を、ばかにしきっていた。

「きのうです。」

「なあんだ。それじゃ何も騒ぐことはないじゃないですか。僕の女房だって、僕があんまりお酒を飲みすぎると、里へ行って一晩泊まって来ることがありますよ。」

「それとこれとは違います。静子は芸術家として自由な生活をしたいんだそうです。お金をたくさん持って出ました。」

「たくさん？」

「ちょっと多いんです。」

草田氏くらいのお金持ちが、ちょっと多い、というくらいだから、五千円、あるいは一万円くらいかもしれないと僕は思った。

「それは、いけませんね。」はじめて少し興味を覚えた。貧乏人は、お金の話には無関心でおれない。

「静子はあなたの小説を、いつも読んでいましたから、きっとあなたのお家《うち》へお邪魔にあがっているんじゃないかと、――。」

「冗談じゃない。僕は、――。」敵です、と言おうと思ったのだが、いつもにこにこ笑っている草田氏が、きょうばかりは蒼《あお》くなってしょげ返っているその様子を目前に見て、ちょっと言い出しかねた。

吉祥寺《きちじょうじ》の駅[9]の前でわかれたが、わかれる時に僕は苦笑しながら尋ねた。

「いったい、どんな画をかくんです？」

「変わっています。本当に天才みたいなところもあるんです。」意外の答えであった。

「へえ。」僕は二の句が継げなかった。つくづく、ばかな夫婦だと思って、あきれた。

それから三日目だったか、わが天才女史は絵の具箱をひっさげて、僕の陋屋に出現

9　吉祥寺の駅　国鉄（現ＪＲ）と京王電鉄（当時は東京急行電鉄の路線）の井の頭線の駅。

した。菜葉《なっぱ》服《ふく》[10]のような粗末な洋服を着ている。気味わるいほど頬がこけて、眼《め》が異様に大きくなっていた。けれども、いわば、一流の貴婦人の品位は、犯しがたかった。「おあがりなさい。」僕はことさらに乱暴な口をきいた。「どこへ行っていたのですか。草田さんがとても心配していましたよ。」

「あなたは、芸術家ですか。」玄関のたたきにつっ立ったまま、そっぽを向いてそう呟《つぶや》いた。れいの冷たい、高慢な口調である。

「何を言っているのです。きざなことを言ってはいけません。草田さんも閉口していましたよ。玻璃子ちゃんのいるのをお忘れですか?」

「アパートを捜しているのですけど、」夫人は、僕の言葉を全然黙殺している。「このへんにありませんか。」

「奥さん、どうかしていますね。もの笑いの種ですよ。およしになってください。」

「ひとりで仕事をしたいのです。」夫人は、ちっとも悪びれない。「家を一軒借りても、いいんですけど。」

「薬がききすぎたと、草田さんも後悔していましたよ。二十世紀には、芸術家も天才もないんです。」

「あなたは俗物ね。」平気な顔をして言った。「草田のほうが、まだ理解があります。」僕に対して、こんな失敬なことを言うお客には帰ってもらうことにしている。僕には、信じている一事があるのだ。誰かれに、わかってもらわなくともいいのだ。いやなら来るな。

「あなたは、何しにきたのですか。お帰りになったらどうですか。」

「帰ります。」少し笑って、「画を、お見せしましょうか。」

「たくさんです。たいていわかっています。」

「そう。」僕の顔を、それこそ穴のあくほど見つめた。「さようなら。」

帰ってしまった。

なんということだ。あのひとは、たしか僕と同じとしのはずだ。十二、三歳の子供さえあるのだ。人におだてられて発狂した。おだてる人も、おだてる人だ。不愉快な事件である。僕は、この事件に対して、恐怖をさえ感じた。

それから約二箇月間、静子夫人の来訪はなかったが、草田惣兵衛氏からは、その間

10 菜っ葉服　工場で働く労働者などが着る、薄い青色の作業服。

に五、六回、手紙をもらった。困りきっているらしい。静子夫人は、その後、赤坂のアパートに起居して、はじめは神妙に、中泉画伯のアトリエに通っていたが、やがてその老画伯をも軽蔑して、絵の勉強は、ほとんどせず、画伯のアトリエの若い研究生たちを自分のアパートに呼び集めて、その研究生たちのお世辞に酔って、毎晩、有頂天のばか騒ぎをしていた。草田氏は恥をしのんで、単身赤坂のアパートを訪れ、家へ帰るように懇願したが、だめであった。静子夫人には、鼻であしらわれ、取り巻きの研究生たちにさえ、天才の敵として攻撃せられ、その上、持っていたお金をみんな巻き上げられた。三度おとずれたが、三度とも同じ憂き目にあった。もういまでは、草田氏も覚悟をきめている。それにしても、玻璃子が不憫《ふびん》である。どうしたらよいのか、男子としてこんな苦しい立場はない、と四十歳を越えた一流紳士の草田氏が、僕に手紙で言って寄こすのである。けれども僕も、いつか草田の家で受けたあの大恥辱を忘れてはいない。僕には、時々自分でもぞっとするほど執念深いところがある。いちど受けた侮辱を、どうしても忘れることができない。草田の家の、このたびの不幸に同情する気持ちなど少しも起こらぬのである。草田氏は僕に、再三、「どうか、よろしく静子に説いてやってください。」と手紙でたのんできているのだが、僕は、動きたくなかった。お金持ちの使い走りは、いやだった。「僕は奥さんに、たいへん軽蔑されている人間ですから、とてもお役には立ちません。」などと言って、いつも断っていたのである。

十一月のはじめ、庭の[12]山茶花《さざんか》が咲きはじめたころであった。その朝、僕は、静子夫人から手紙をもらった。

——耳が聞こえなくなりました。悪いお酒をたくさん飲んで、中耳炎を起こしたのです。お医者に見せましたけれども、もう手遅れだそうです。やかんのお湯が、シュンシュン沸いている、あの音も聞こえません。窓の外で、樹《き》の枝が枯れ葉を散らしてゆれ動いておりますが、なんにも音が聞こえません。もう、死ぬまで聞くことができません。人の声も、地の底から言っているようにしか聞こえません。これも、やがて、全く聞こえなくなるのでしょう。耳がよく聞こえないということが、どんなに淋《さび》しい、もどかしいものか、今度という今度は思い知りました。買い物などに行って、私の耳

11 赤坂　東京都港区の地名。 12 山茶花　ツバキ科の常緑亜高木。秋から冬にかけて、うす紅または白色の花が咲く。

の悪いことを知らない人たちが、ふつうの人に話すようにものを言うので、私には、何を言っているのか、さっぱりわからなくて、悲しくなってしまいます。自分をなぐさめるために、耳の悪いあの人やこの人のことなど思い出してみて、ようやくのことで一日を過ごします。このごろ、しょっちゅう、死にたい死にたいと思います。そうしては、玻璃子のことが思い浮かんできて、なんとかしてねばって、生きていなければならぬと思いかえします。こないだうち、泣くと耳にわるいと思って、がまんにがまんしていた涙を、つい二、三日前、こらえ切れなくなって、いちどに、滝のように流しましたら、気分がいくらか楽になりました。もういまでは、耳の聞こえないことに、ほんの少し、あきらめも出てきましたが、悪くなりはじめのころは、半狂乱でしたの。一日のうちに、何回も何回も、火箸でもって火鉢[13]のふちをたたいてみます。音がよく聞こえるかどうか、ためしてみるのです。夜中でも、目が覚めさえすれば、すぐに寝床に腹這《ば》いになって、ぽんぽん火鉢をたたいてみます。あさましい姿です。畳を爪でひっかいてみます。なるべく聞きとりにくいような音をえらんでやってみるのです。人がたずねて来ると、その人に大きな声を出させたり、ちいさい声を出させたり、一時間も二時間も、しつこく続けて注文して、いろいろさまざま聴力をためしてみるので、お客様たちは閉口して、このごろは、あんまりたずねて来なくなりました。夜おそく、電車通りにひとりで立っていて、すぐ目の前を走って行く電車の音に耳をすましていることもありました。

もう今では、電車の音も、紙を引き裂くくらいの小さい音になりました。間もなく、なんにも聞こえなくなるのでしょう。からだ全体が、わるいようです。毎夜、お寝巻きを三度も取りかえます。寝汗でぐしょぐしょになるのです。いままでかいた絵は、みんな破って棄《す》てました。一つ残さず棄てました。私の絵は、とても下手だったのです。あなただけが、本当のことをおっしゃいました。他の人は、みんな私を、おだてました。私は、できることなら、あなたのように、まずしくとも気楽な、芸術家の生活をしたかった。お笑いください。私の家は破産して、母も間もなく死んで、父は北海道へ逃げて行きました。私は、草田の家にいるのが、つらくなりましたから、あなたの小説を読みはじめて、こんな生きかたもあるか、と生きる目標が一つ見つかったような気がしていました。私も、あな

13 火鉢　暖房器具の一種。灰を入れて炭火をおこし、手を暖めたり湯を沸かしたりする。

火鉢

たと同じ、まずしい子です。あなたにお逢いしたくなりました。三年前のお正月に、本当に久し振りにお目にかかることができて、うれしゅうございました。私は、あなたの気ままな酔いかたを見て、ねたましいくらい、うらやましく思いました。これが本当の生きかただ。虚飾も世辞もなく、そうしてひとり誇りを高くして生きている。こんな生きかたが、いいなあと思いました。けれども私には、どうすることもできません。そのうちに主人が私に絵をかくことをすすめて、私は主人を信じていますので、(いまでも私は主人を愛しております)中泉さんのアトリエに通うことになりましたが、たちまち皆さんの熱狂的な賞讃の的になり、はじめは私もただ当惑いたしましたが、主人まで真顔になって、お前は天才かもしれぬなどと申します。私は主人の美術鑑賞眼をとても尊敬していましたので、とうとう私も逆上し、かねてあこがれの芸術家の生活をはじめるつもりで家を出ました。ばかな女ですね。中泉さんのアトリエにかよっている研究生たちと一緒に、二、三日箱根《はこね》[14]で遊んで、その間に、ちょっと気にいった絵ができましたので、まず、あなたに見ていただきたくて、いさんであなたのお家へまいりましたのに、思いがけず、さんざんな目にあいました。私は恥ずかしゅうございました。あなたに絵を見てもらって、ほめられて、そうして、あなたのお家の近くに間借りでもして、お互いまずしい芸術家としてお友だちになりたいと思っていました。私は狂っていたのです。あなたに面罵せられて、はじめて私は、正気になりました。自分のばかを知りました。わかい研究生たちが、どんなに私の絵を褒めても、それは皆あさはかなお世辞で、かげでは舌を出しているのだということに気がつきました。けれどもそのときには、もう、私の生活が取りかえしのつかぬところまで落ちていました。引き返すことができなくなっていました。落ちるところまで落ちてみましょう。私は毎晩お酒を飲みました。わかい研究生たちと徹夜で騒ぎました。焼《しょう》酎《ちゅう》も、ジン[15]も飲みました。きざな、ばかな女ですね。

愚痴は、もう申しますまい。私は、いさぎよく罰を受けます。窓のそとの樹の枝のゆれぐあいで、風がひどいなと思っているうちに、雨が横なぐりに降ってきました。お雨の音も、風の音も、私にはなんにも聞こえませぬ。サイレント[16]の映画のようで、おそろしいくらい、淋しい夕暮れです。この手紙にお返事は要りませんのですよ。私の

14 箱根　神奈川県足柄下郡の地名。多くの温泉がある観光地。15 ジン　トウモロコシやライ麦などの発酵液に香りをつけた蒸留酒。アルコール度数は四〇―五〇パーセントと高い。16 サイレント　無声映画。［英語］silent

ことは、どうか気になさらないでください。淋しさのあまり、ちょっと書いてみたのです。あなたは平気でいらしてください。——

手紙には、アパートのところ番地も認《したた》められていた。僕は出掛けた。小綺麗《こぎれい》なアパートであったが、静子さんの部屋は、ひどかった。六畳間で、そうして部屋には何もなかった。火鉢と机、それだけだった。畳は赤ちゃけて、しめっぽく、部屋は日当たりも悪くて薄暗く、果物の腐ったようないやな匂いがしていた。静子さんは、窓縁に腰かけて笑っている。さすがに身なりは、きちんとしている。顔にも美しさが残っている。二箇月前に見たときよりも、ふとったような感じもするが、けれども、なんだか気味がわるい。眼に、ちからがない。生きている人の眼ではなかった。瞳が灰色に濁っている。

「無茶ですね！」と僕は叫ぶようにして言ったのであるが、静子さんは、首を振って、笑うばかりだ。もう全く聞こえないらしい。僕は机の上の用箋《ようせん》に、「草田ノ家へ、カエリナサイ。」と書いて静子さんに読ませた。それから二人の間に、筆談がはじまった。

草田ノ家へ、カエリナサイ。静子さんも机の傍らに座って熱心に書いた。

スミマセン。
トニカク、カエリナサイ。
カエレナイ。
ナゼ?
カエルシカク、ナイ。
草田サンガ、マッテル。
ウソ。
ホント。
カエレナイノデス。ワタシ、アヤマチシタ。
バカダ。コレカラドウスル。
スミマセン。ハタラクツモリ。
オ金、イルカ。
ゴザイマス。
絵ヲ、ミセテクダサイ。
ナイ。

イチマイモ?

アリマセン。

僕は急に、静子さんの絵を見たくなったのである。妙な予感がしてきた。いい絵だ、すばらしくいい絵だ。きっと、そうだ。

絵ヲ、カイテユク気ナイカ。

ハズカシイ。

アナタハ、キットウマイ。

ナグサメナイデホシイ。

ホントニ、天才カモシレナイ。

ヨシテクダサイ。モウオカエリクダサイ。

僕は苦笑して立ちあがった。帰るよりほかはない。静子夫人は僕を見送りもせず、座ったままで、ぼんやり窓の外を眺めていた。

その夜、僕は、中泉画伯のアトリエをおとずれた。

「静子さんの絵を見たいのですが、あなたのところにありませんか。」

「ない。」老画伯は、ひとのよさそうな笑顔で、「御自分で、全部破ってしまったそうじゃないですか。天才的だったのですがね。あんなに、わがままじゃいけません。」

「書き損じのデッサンでもなんでも、とにかく見たいのです。ありませんか。」

「待てよ。」老画伯は首をかたむけて、「デッサンが三枚ばかり、私のところに残っていたのですが、それを、あのひとがこの間やって来て、私の目の前で破ってしまいました。誰か、あの人の絵をこっぴどくやっつけたらしく、それからはもう、あ、そうだ、ありました、ありました、まだ一枚のこっています。うちの娘が、たしか水彩を一枚持っていたはずです。」

「見せてください。」

「ちょっとお待ちください。」

老画伯は、奥へ行って、やがてにこにこ笑いながら一枚の水彩を持って出て来て、

「よかった、よかった。娘が秘蔵していたので助かりました。いま残っているのは、おそらくこの水彩一枚だけでしょう。私は、もう、一万円でも手放しませんよ。」

「見せてください。」

水仙の絵である。バケツに投げ入れられた二十本ほどの水仙の絵である。手にとってちらと見てビリビリと引き裂いた。

「なにをなさる！」老画伯は驚愕《きょうがく》した。

「つまらない絵じゃありませんか。あなたたちは、お金持ちの奥さんに、おべっかを言っていただけなんだ。そうして奥さんの一生を台無しにしたのです。あの人をこっぴどくやっつけた男というのは僕です。」

「そんなに、つまらない絵でもないでしょう。」老画伯は、急に自信を失った様子で、「私には、いまの新しい人たちの画は、よくわかりませんけど。」

僕はその絵を、さらにこまかに引き裂いて、ストーヴにくべた。僕には、絵がわかるつもりだ。草田氏にさえ、教えることができるくらいに、わかるつもりだ。水仙の絵は、断じて、つまらない絵ではなかった。みごとだった。なぜそれを僕が引き裂いたのか。それは読者の推量にまかせる。静子夫人は、草田氏の手もとに引きとられ、そのとしの暮れに自殺した。僕の不安は増大する一方である。なんだか天才の絵のようだ。おのずから忠直卿の物語など思い出され、ある夜ふと、忠直卿も事実すばらしい剣術の達人だったのではあるまいかと、奇妙な疑念にさえとらわれて、このごろは夜も眠られぬくらいに不安である。二十世紀にも、芸術の天才が生きているのかもしれぬ。

トカトントン

発表——一九四七（昭和二二）年
高校国語教科書初出——二〇一五（平成二七）年
筑摩書房『現代文B』

拝啓。

一つだけ教えてください。困っているのです。

私はことし二十六歳です。生まれたところは、青森市の寺町[1]です。たぶんご存じないでしょうが、寺町の清華寺の隣に、トモヤという小さい花屋がありました。私はそのトモヤの次男として生まれたのです。青森の中学校を出て、それから横浜のある軍需工場[2]の事務員になって、三年勤め、それから軍隊で四年間暮らし、無条件降伏と同時に、生まれた土地へ帰ってきましたが、既に家は焼かれ、父と兄と嫂《あによめ》と三人、その焼け跡にあわれな小屋を建てて暮らしていました。母は、私の中学四年の時に死んだのです。

さすがに私は、その焼け跡の小さい住宅にもぐり込むのは、父にも兄夫婦にも気の

1 寺町　青森市街の旧町名。　2 軍需工場　軍事上必要な物資を開発・修理・貯蔵する施設。

毒で、父や兄とも相談の上、このAという青森市から二里ほど離れた海岸の部落の三[3]等郵便局に勤めることになったのです。この郵便局は、死んだ母の実家で、局長さんは母の兄に当たっているのです。ここに勤めてから、もうかれこれ一箇年以上になりますが、日ましに自分がくだらないものになっていくような気がして、実に困っているのです。

私があなたの小説を読みはじめたのは、横浜の軍需工場で事務員をしていたときでした。「文体」[4]という雑誌に載っていたあなたの短い小説を読んでから、それから、あなたの作品を捜して読む癖がついて、いろいろ読んでいるうちに、あなたが私の中学校の先輩であり、またあなたは中学時代に青森の寺町の豊田さんのお宅にいらしたのだということを知り、胸のつぶれる思いをしました。呉服屋の豊田さんなら、私の家と同じ町内でしたから、私はよく知っているのです。先代の太左衛門《たざえもん》さんは、ふとっていらっしゃいましたから、太左衛門というお名前もよく似合っていましたが、当代の太左衛門さんは、痩せてそうしてイキでいらっしゃるから、羽左衛門《うざえもん》さんとでもお呼びしたいようでした。でも、皆さんがいいお方のようですね。こんどの空襲で豊田さんも全焼し、それに土蔵まで焼け落ちたようで、お気の毒です。私はあなたが、あの豊田さんのお家にいらしたことがあるのだということを知り、よっぽど当代の太左衛門さんにお願いして紹介状を書いていただき、あなたをおたずねしようかと思いましたが、小心者ですから、ただそれを空想してみるばかりで、実行の勇気はありませんでした。

そのうちに私は兵隊になって、千葉県の海岸の防備にまわされ、終戦までただもう毎日毎日、穴掘りばかりやらされていましたが、それでもたまに半日でも休暇があると町へ出て、あなたの作品を捜して読みました。そうして、あなたに手紙を差し上げたくて、ペンを執ってみたことが何度あったかしれません。けれども、拝啓、と書いて、それから、何と書いていいのやら、別段用事はないのだし、それに私はあなたにとってはまるで赤の他人なのだし、ペンを持ったままひとりで当惑するばかりなのです。やがて、日本は無条件降伏ということになり、私も故郷にかえり、Aの郵便局に勤めましたが、こないだ青森へ行ったついでに、青森の本屋をのぞき、あなたの作品

3 三等郵便局　地域の名士や大地主に郵便事業を委託して設立された郵便局。のち特定郵便局と改称され、現在は廃止された。　4「文体」一九三八年から翌年にかけて発刊された文芸雑誌。　5 羽左衛門　十五代目市村羽左衛門。一八七四―一九四五年。歌舞伎俳優。当時、時代を代表する美男子として知られた。

を捜して、そうしてあなたも罹災《りさい》して生まれた土地の金木町《かなぎまち》[6]に来ているということを、あなたの作品によって知り、再び胸のつぶれる思いがいたしました。それでも私は、あなたの御生家に突然たずねて行く勇気はなく、いろいろ考えた末、とにかく手紙を、書きしたためることにしたのです。こんどは私も、拝啓、と書いただけで途方にくれるようなことはないのです。なぜなら、これは用事の手紙ですから。しかも火急の用事です。

　教えていただきたいことがあるのです。本当に、困っているのです。しかもこれは、私ひとりの問題でなく、他にもこれと似たような思いで悩んでいるひとがあるような気がしますから、私たちのために教えてください。横浜の工場にいたときも、また軍隊にいたときも、あなたに手紙を出したいと思い続け、いまやっとあなたに手紙を差し上げる、その最初の手紙が、このようなよろこびの少ない内容のものになろうとは、まったく、思いも寄らないことでありました。

　昭和二十年八月十五日正午に、私たちは兵舎の前の広場に整列させられて、そうして陛下みずからの御放送だという、ほとんど雑音に消されて何一つ聞きとれなかったラジオを聞かされ、そうして、それから、若い中尉がつかつかと壇上に駆けあがって、

「聞いたか。わかったか。日本はポツダム宣言[7]を受諾し、降参をしたのだ。しかし、それは政治上のことだ。われわれ軍人は、あくまでも抗戦をつづけ、最後には皆ひとり残らず自決して、もって大君におわびを申し上げる。自分はもとよりそのつもりでいるのだから、皆もその覚悟をしておれ。いいか。よし。解散。」

そう言って、その若い中尉は壇から降りて眼鏡をはずし、歩きながらぽたぽた涙を落としました。厳粛とは、あのような感じを言うのでしょうか。私はつっ立ったまま、あたりがもやもやと暗くなり、どこからともなく、つめたい風が吹いてきて、そうして私のからだが自然に地の底へ沈んでいくように感じました。

死のうと思いました。死ぬのが本当だ、と思いました。前方の森がいやにひっそりして、漆黒に見えて、そのてっぺんから一むれの小鳥が一つまみの胡麻粒《ごまつぶ》を空中に投げたように、音もなく飛び立ちました。

ああ、そのときです。背後の兵舎のほうから、誰やら金槌《かなづち》で釘《くぎ》を打つ音が、幽《かす》かに、

6 金木町　青森県北西部の旧町名。現在は五所川原市の一部。　7 ポツダム宣言　一九四五年七月二十六日、アメリカ・イギリス・中華民国が日本に対し、無条件降伏を通告した共同声明。ベルリン郊外のポツダムで発表された。

トカトントンと聞こえました。それを聞いたとたんに、目から鱗《うろこ》が落ちるとはあんなときの感じを言うのでしょうか、悲壮も厳粛も一瞬のうちに消え、私は憑《つ》きものから離れたように、きょろりとなり、なんともどうにも白々しい気持ちで、夏の真昼の砂原を眺め見渡し、私にはいかなる感慨も、何も一つもありませんでした。

そうして私は、リュックサックにたくさんのものをつめ込んで、ぼんやり故郷に帰還しました。

あの、遠くから聞こえて来た幽かな、金槌の音が、不思議なくらいきれいに私からミリタリズムの幻影を剝ぎとってくれて、もう再び、あの悲壮らしい厳粛らしい悪夢に酔わされるなんてことは絶対になくなったようですが、しかしその小さい音は、私の脳髄の金的を射貫いてしまったものか、それ以後げんざいまで続いて、私は実に異様な、いまわしい癲癇《てんかん》持ちみたいな男になりました。

と言っても決して、兇暴《きょうぼう》な発作などを起こすというわけではありません。その反対です。何か物事に感激し、奮い立とうとすると、どこからともなく、幽かに、トカトントンとあの金槌の音が聞こえてきて、とたんに私はきょろりとなり、眼前の風景がまるでもう一変してしまって、映写がふっと中絶してあとにはただ純白のスクリンだけが残り、それをまじまじと眺めているような、何ともはかない、ばからしい気持ちになるのです。

さいしょ、私は、この郵便局に来て、さあこれからは、何でも自由に好きな勉強ができるのだ、まず一つ小説でも書いて、そうしてあなたのところへ送って読んでいただこうと思い、郵便局の仕事のひまひまに、軍隊生活の追憶を書いてみたのですが、大いに努力して百枚ちかく書きすすめて、いよいよ今明日のうちに完成だという秋の夕暮れ、局の仕事もすんで、銭湯へ行き、お湯にあたたまりながら、今夜これから最後の章を書くにあたり、オネーギン[8]の終章のような、あんなふうの華やかな悲しみの結び方にしようか、それともゴーゴリ[9]の「喧嘩噺《けんかばなし》」式の絶望の終局にしようか、などひどい興奮でわくわくしながら、銭湯の高い天井からぶらさがっている裸電球の光を見上げたとき、トカトントン、と遠くからあの金槌の音が聞こえたのです。とたんに、さっと波がひいて、私はただ薄暗い湯槽《ゆぶね》の隅で、じゃぼじゃぼお湯を掻《か》きまわして動いている一個の裸形《らぎょう》の男にすぎなくなりました。

8　オネーギン　ロシアの作家プーシキン（一七九九―一八三七年）による韻文小説。9　ゴーゴリ Nikolay Vasil'evich Gogol' 一八〇九―五二年。ロシアの作家。作品に『外套《がいとう》』などがある。

まことにつまらない思いで、湯槽から這《は》い上がって、足の裏の垢《あか》など落として、銭湯の他の客たちの配給の話などに耳を傾けていました。プウシキンもゴーゴリも、それはまるで外国製の歯ブラシの名前みたいな、味気ないものに思われました。銭湯を出て、橋を渡り、家へ帰って黙々とめしを食い、それから自分の部屋に引き上げて、机の上の百枚ちかくの原稿をぱらぱらとめくってみて、あまりのばかばかしさに呆《あき》れ、うんざりして、破る気力もなく、それ以後の毎日の鼻紙にいたしました。それ以来、私はきょうまで、小説らしいものは一行も書きません。伯父のところに、わずかながら蔵書がありますので、時たま明治大正の傑作小説集など借りて読み、感心したり、感心しなかったり、はなはだふまじめな態度で吹雪の夜は早寝ということになり、まったく「精神的」でない生活をして、そのうちに、世界美術全集などを見て、以前あんなに好きだったフランスの印象派[10]の画《え》には、さほど感心せず、このたびは日本の元《げん》禄《ろく》時代の尾形光琳《おがたこうりん》[11]と尾形乾山《けんざん》と二人の仕事にいちばん目をみはりました。光琳の躑躅《つつじ》などは、セザンヌ、モネー、ゴーギャン、誰の画よりも、すぐれていると思われました。こうしてまた、だんだん私のいわゆる精神生活が、息を吹きかえしてきたようで、けれどもさすがに自分が光琳、乾山のような名家になろうなどという大それた野心を起こすことはなく、まあ片田舎のディレッタント[12]、そうして自分にできる精いっぱいの仕事は、朝から晩まで郵便局の窓口に座って、他人の紙幣をかぞえていること、せいぜいそれくらいのところだが、私のような無能無学の人間には、そんな生活だって、あながち堕落の生活ではあるまい。謙譲の王冠というものも、あるかもしれぬ。平凡な日々の業務に精励するということこそ最も高尚な精神生活かもしれない。などと少しずつ自分の日々の暮らしにプライドを持ちはじめて、その頃ちょうど円貨の切り換え[13]があり、こんな片田舎の三等郵便局でも、いやいや、小さい郵便局ほど人手不足でかえって、てんてこまいのいそがしさだったようで、あのころは私たちは毎日早朝から預金の申告受付けだの、旧円の証紙張りだの、へとへとになっても休むことができず、殊にも私は、伯父の居候の身分ですから御恩返しはこのときとばかりに、両手が

10 印象派　十九世紀末フランスに発し、世界に影響を与えた美術運動。セザンヌ（一八三九―一九〇六年）、モネ（一八四〇―一九二六年）、ゴーギャン（一八四八―一九〇三年）などの画家が有名。　11 尾形光琳と尾形乾山　尾形光琳（一六五八―一七一六年）は江戸時代中期の画家。大胆な装飾的な画風で知られる。尾形乾山（一六六三―一七四三年）はその弟で、陶芸家・画家。　12 ディレッタント［フランス語］dilettante　芸術や学問を趣味として愛好する人。好事家。　13 円貨の切り換え　戦後の急激なインフレ対策として一九四六年二月に実施された新紙幣への切り換え。旧紙幣（旧円）は無効とされたが、暫定的に証紙を貼付した上で流通させることも認められた。

まるで鉄の手袋でもはめているように重くて、少しも自分の手の感じがしなくなったほどに働きました。

そんなに働いて、死んだように眠って、そうしてあくる朝は枕元の目ざまし時計の鳴ると同時にはね起き、すぐ局へ出て大掃除をはじめます。掃除などは、女の局員がすることになっていたのですが、その円貨切り換えの大騒ぎがはじまって以来、私の働き振りに異様なハズミがついて、何でもかでもめちゃくちゃに働きたくなって、きのうよりは今日、きょうよりは明日と物凄《ものすご》い加速度をもって、ほとんど半狂乱みたいな獅子《しし》奮迅をつづけ、いよいよ切り換えの騒ぎも、きょうでおしまいという日に、私はやはり薄暗いうちから起きて局の掃除を大車輪でやって、全部きちんとすましてから私の受け持ちの窓口のところに腰かけて、ちょうど朝日が私の顔にまっすぐにさしてきて、私は寝不足の目を細くして、それでも何だかひどく得意な満足の気持ちで、[14]労働は神聖なり、という言葉などを思い出し、ほっと溜《た》め息《いき》をついたときに、トカトントンとあの音が遠くから幽かに聞こえたような気がして、もうそれっきり、何もかも一瞬のうちにばからしくなり、私は立って自分の部屋に行き、布団をかぶって寝てしまいました。ごはんの知らせが来ても、私は、からだ具合が悪いから、きょうは起きない、とぶっきらぼうに言い、その日は局でもいちばんいそがしかったようで、最も優秀な働き手の私に寝込まれて実にみんな困った様子でしたが、私は終日うつらうつら眠っていました。伯父への御恩返しも、こんな私のわがままのために、かえってマイナスになったようでしたが、もはや、私には精魂こめて働く気などは少しもなく、そのあくる日には、ひどく朝寝坊をして、そうしてぼんやり私の受け持ちの窓口に座り、あくびばかりして、たいていの仕事は、隣の女の局員にまかせきりにしていました。そうしてその翌日も、翌々日も、私ははなはだ気力のないのろのろしていて不機嫌な、つまり普通の、あの窓口局員になりました。

「まだお前は、どこか、からだ具合がわるいのか。」

と伯父の局長に聞かれても薄笑いして、

「どこも悪くない。神経衰弱かもしれん。」

と答えます。

「そうだ、そうだ。」と伯父は得意そうに、「俺もそうにらんでいた。お前は頭が悪い

14 労働は神聖なり　労働運動・生協運動の活動家、高野房太郎（一八六九―一九〇四年）のことば。「結合は勢力なり。」と続く。

くせに、むずかしい本を読むからそうなる。俺やお前のように、頭の悪い男は、むずかしいことを考えないようにするのがいいのだ。」と言って笑い、私も苦笑しました。この伯父は[15]専門学校を出たはずの男ですが、さっぱりどこにも[16]インテリらしい面影がないんです。

そうしてそれから、(私の文章には、ずいぶん、そうしてそれから、が多いでしょう? これもやはり頭の悪い男の文章の特色でしょうかしら。自分でも大いに気になるのですが、でも、つい自然に出てしまうので、泣き寝入りです。) そうしてそれから、私は、コイをはじめたのです。お笑いになってはいけません。いや、笑われたって、どうしようもないんです。金魚鉢のメダカが、鉢の底から二寸[17]くらいの箇所にうかんで、じっと静止して、そうしておのずから身ごもっているように、私も、ぼんやり暮らしながら、いつとはなしに、どうやら、羞《は》ずかしい恋をはじめていたのでした。恋をはじめると、とても音楽が身にしみてきますね。あれがコイのヤマイのいちばんたしかな兆候だと思います。

片恋なんです。でも私は、その女のひとを好きで好きでしかたがないんです。そのひとは、この海岸の部落にたった一軒しかない小さい旅館の、[18]女中さんなのです。まだ、はたち前のようです。伯父の局長は酒飲みですから、何か部落の宴会が、その旅館の奥座敷でひらかれたりするたびごとに、きっと欠かさず出かけますので、伯父とその女中さんとはお互い心易い様子で、女中さんが貯金だの保険だのの用事で郵便局の窓口の向こう側にあらわれると、伯父はかならず、おかしくもない陳腐な冗談を言ってその女中さんをからかうのです。

「このごろはお前も景気がいいとみえて、なかなか貯金にも精が出るのう。感心かんしん。いい旦那でも、ついたかな？」

「つまらない。」

と言います。そうして、じっさい、つまらなそうな顔をして言います。ヴァン・ダイク[19]の画の、女の顔でなく、貴公子の顔に似た顔をしています。時田花江という名前です。貯金帳にそう書いてあるんです。以前は、宮城県にいたようで、貯金帳の住所

15 専門学校　当時の学校制度で、中等学校卒業後に専門的な学問などを教えた学校。16 インテリ　インテリゲンチャ（［ロシア語］Intelligentsiya）の略。知識階級。知識人。17 寸　長さの単位。一寸は、約三センチメートル。18 女中　ここは、住み込みで家事労働や雑用をする女性をさす。19 ヴァン・ダイク Antnony van Dyck　一五九九―一六四一年。フランドル（現在のベルギー周辺）の画家。上流階級の肖像画で有名。

欄には、以前のその宮城県の住所も書かれていて、そうして赤線で消されて、その傍《そば》にここの新しい住所が書き込まれています。女の局員たちの噂では、なんでも、宮城県のほうで戦災に遭って、無条件降伏直前に、この部落へひょっこりやって来た女で、あの旅館のおかみさんの遠い血筋のものだとか、そうして身持ちがよろしくないようで、まだ子供のくせに、なかなかの凄腕《すごうで》だとかいうことでしたが、疎開して来たひとで、その土地の者たちの評判のいいひとなんて、ひとりもありません。私はそんな、凄腕などということは少しも信じませんでしたが、しかし、花江さんの貯金も決して乏しいものではありませんでした。郵便局の局員が、こんなことを公表してはいけないことになっているのですけど、とにかく花江さんは、局長にからかわれながらも、一週間にいちどくらいは二百円か三百円の新円を貯金しにきて、総額がぐんぐん増えているんです。まさか、いい旦那がついたから、とも思いませんが、私は花江さんの通帳に弐《に》百円とか参百円とかのハンコを押すたんびに、なんだか胸がどきどきして顔があからむのです。

そうして次第に私は苦しくなりました。花江さんは決して凄腕なんかじゃないんだけれども、しかし、この部落の人たちはみんな花江さんをねらって、お金なんかをやって、そうして、花江さんをダメにしてしまうのではなかろうか。きっとそうだ、と思うと、ぎょっとして夜中に床からむっくり起き上がったことさえありました。けれども花江さんは、やっぱり一週間にいちどくらいの割で、平気でお金を持ってきます。いまはもう、胸がどきどきして顔が赤らむどころか、あんまり苦しくて顔があおくなり額に油汗のにじみ出るような気持ちで、花江さんの取り澄まして差し出す証紙を貼った汚い十円紙幣を一枚二枚と数えながら、やにわに全部ひき裂いてしまいたい発作に襲われたことが何度あったかしれません。そうして私は、花江さんにひとこと言ってやりたかった。あの、れいの鏡花《きょうか》[20]の小説に出てくる有名な、せりふ、「死んでも、ひとのおもちゃになるな！」と、キザもキザ、それに私のような野暮な田舎者には、とても言い出し得ないせりふですが、でも私は大まじめに、その一言を言ってやりたくてしかたがなかったんです。死んでも、ひとのおもちゃになるな、物質がなんだ、金銭がなんだ、と。

思えば思われるということは、やっぱりあるものでしょうか。あれは五月の、なか

20　鏡花　泉鏡花。一八七三―一九三九年。小説家・劇作家。代表作『歌行燈《あんどん》』に「可愛《かわい》い人だな、おい、殺されても死んでも、人の玩弄物《おもちゃ》にされるな。」というせりふがある。

ばすぎのころでした。花江さんは、れいのごとく、澄まして局の窓口の向こう側にあらわれ、どうぞと言ってお金と通帳を私に差し出します。私は溜め息をついてそれを受け取り、悲しい気持ちで汚い紙幣を一枚二枚とかぞえます。そうして通帳に金額を記入して、黙って花江さんに返してやります。

「五時頃、おひまですか?」

私は、自分の耳を疑いました。春の風にたぶらかされているのではないかと思いました。それほど低く素早い言葉でした。

「おひまでしたら、橋にいらして。」

そう言って、かすかに笑い、すぐにまた澄まして花江さんは立ち去りました。

私は時計を見ました。二時すこしすぎでした。それから五時まで、だらしない話ですが、私は何をしていたか、いまどうしても思い出すことができないのです。きっと、何やら深刻な顔をして、うろうろして、突然となりの女の局員に、きょうはいいお天気だ、なんて曇っている日なのに、大声で言って、相手がおどろくと、ぎょろりと睨《にら》んでやって、立ち上がって便所へ行ったり、まるで阿呆《あほう》みたいになっていたのでしょう。五時、七、八分まえに私は、家を出ました。途中、自分の両手の指の爪がのびているのを発見して、それがなぜだか、実に泣きたいくらい気になったのを、いまでも覚えています。

橋のたもとに、花江さんが立っていました。スカートが短かすぎるように思われました。長いはだかの脚をちらと見て、私は目を伏せました。

「海のほうへ行きましょう。」

花江さんは、落ちついてそう言いました。

花江さんがさきに、それから五、六歩はなれて私が、ゆっくり海のほうへ歩いて行きました。そうして、それくらい離れて歩いているのに、二人の歩調が、いつのまにか、ぴったり合ってしまって、困りました。曇天で、風が少しあって、海岸には砂ほこりが立っていました。

「ここが、いいわ。」

岸にあがっている大きい漁船と漁船のあいだに花江さんは、はいって行って、そうして砂地に腰をおろしました。

「いらっしゃい。座ると風が当たらなくて、あたたかいわ。」

私は花江さんが両脚を前に投げ出して座っている箇所から、二メートルくらい離れたところに腰をおろしました。

「呼び出したりして、ごめんなさいね。でも、あたし、あなたにひとこと言わずにはいられないのよ。あたしの貯金のこと、ね、へんに思っていらっしゃるんでしょう？」

私も、ここだと思い、しゃがれた声で答えました。

「へんに、思っています。」

「そう思うのが当然ね。」と言って花江さんは、うつむき、はだかの脚に砂を掬《すく》って振りかけながら、「あれはね、あたしのお金じゃないのよ。あたしのお金だったら、貯金なんかしやしないわ。いちいち貯金なんて、めんどうくさい。」

なるほどと思い、私は黙ってうなずきました。

「そうでしょう？　あの通帳はね、おかみさんのものなのよ。でも、それは絶対に秘密よ。あなた、誰にも言っちゃだめよ。おかみさんが、なぜそんなことをするのか、あたしには、ぼんやりわかっているんだけど、でも、それはとても複雑していることなんですから、言いたくないわ。つらいのよ、あたしは。信じてくださる？」

すこし笑って花江さんの目が妙に光ってきたと思ったら、それは涙でした。

私は花江さんにキスしてやりたくて、しようがありませんでした。花江さんとなら、どんな苦労をしてもいいと思いました。

「この辺のひとたちは、みんな駄目ねえ。あたし、あなたに、誤解されてやしないかと思って、あなたにひとこと言いたくって、それできょうね、思い切って。」

その時、実際ちかくの小屋から、トカトントンという釘打つ音が聞こえたのです。このときの音は、私の幻聴ではなかったのです。海岸の佐々木さんの納屋で、事実、音高く釘を打ちはじめたのです。トカトントン、トントントカトン、とさかんに打ちます。私は、身ぶるいして立ち上がりました。

「わかりました。誰にも言いません。」花江さんのすぐうしろに、かなり多量の犬の糞《ふん》があるのをその時見つけて、よっぽどそれを花江さんに注意してやろうかと思いました。

波は、だるそうにうねって、きたない帆をかけた船が、岸のすぐ近くをよろよろと、とおって行きます。

「それじゃ、失敬。」

空々漠々たるものでした。貯金がどうだって、俺の知ったことか。もともと他人なんだ。ひとのおもちゃになったって、どうなったって、ちっともそれは俺に関係したことじゃない。ばかばかしい。腹がへった。

それからも、花江さんは相変らず、一週間か十日目くらいに、お金を持ってきて貯金して、もういまでは何千円かの額になっていますが、私には少しも興味がありません。花江さんの言ったように、それはおかみさんのお金なのか、または、やっぱり花江さんのお金なのか、どっちにしたって、それは全く私には関係のないことですもの。

そうして、いったいこれは、どちらが失恋したということになるのかと言えば、私には、どうしても、失恋したのは私のほうだというような気がしているのですけれども、しかし、失恋して別段かなしい気もいたしませんから、これはよっぽど変わった失恋の仕方だと思っています。そうして私は、またもや、ぼんやりした普通の局員になったのです。

六月にはいってから、私は用事があって青森へ行き、偶然、労働者のデモ[21]を見ました。それまでの私は社会運動または政治運動というようなものには、あまり興味がない、というよりは、絶望に似たものを感じていたのです。誰がやったって、同じようなものなんだ。また自分が、どのような運動に参加したって、所詮はその指導者たちの、名誉欲か権勢欲の乗りかかった船の、犠牲になるだけのことだ。何の疑うところもなく堂々と所信を述べ、わが言に従えば必ずや汝自身ならびに汝の家庭、汝の村、汝の国、否《いな》全世界が救われるであろうと、大見得を切って、救われないのは汝等《なんじら》がわが言に従わないからだとうそぶき、そうして一人のおいらん[22]に、振られて振られて振られとおして、やけになって公娼《こうしょう》[23]廃止を叫び、憤然として美男の同志を殴り、あばれて、うるさがられて、たまたま勲章[24]をもらい、沖天《ちゅうてん》の意気をもってわが家に駆け込み、かあちゃんこれだ、と得意満面、その勲章の小箱をそっとあけて女房に見せると、女房は冷たく、あら、勲五等じゃないの、せめて勲二等くらいでなくちゃねえ、と言い、亭主がっかり、などという何が何やらまるで半気狂いのような男が、その政治運動だの社会運動だのに没頭しているものとばかり思い込んでいたのです。それですから、ことしの四月の総選挙も、民主主義とかなんとか言って騒ぎ立てても、私には一向にその人たちを信用する気が起こらず、自由党、進歩党は、相変わらずの古くさい

21 デモ　デモンストレーション（[英語] demonstration）の略。行進や集会などによって要求や意思を示すこと。示威運動。 22 おいらん　遊女。 23 公娼　公に認められた売春婦。一九五六年の売春防止法制定により、完全に廃止された。 24 勲章　国家や公共に対する功績を表彰して国から授与される記章。「勲五等」「勲二等」はその順位。

人たちばかりのようでまるで問題にならず、また社会党、共産党は、いやに調子づいてはしゃいでいるけれども、これはまた敗戦便乗とでも言うのでしょうか、無条件降伏の屍《しかばね》にわいた蛆虫《うじむし》のような不潔な印象を消すことができず、四月十日の投票日にも私は、伯父の局長から自由党の加藤《かとう》さんに入れるようにと言われていたのですが、はいはいと言って家を出て海岸を散歩して、それだけで帰宅しました。社会問題や政治問題についてどれだけ言い立てても、私たちの日々の暮らしの憂鬱は解決されるものではないと思っていたのですが、しかし、私はあの日、青森で偶然、労働者のデモを見て、私の今までの考えは全部間違っていたことに気がつきました。

生々溌剌《せいせいはつらつ》、とでも言ったらいいのでしょうか。なんとまあ、楽しそうな行進なのでしょう。憂鬱の影も卑屈の皺《しわ》も、私は一つも見出《い》だすことができませんでした。伸びていく活力だけです。若い女のひとたちも、手に旗を持って労働歌を歌い、私は胸がいっぱいになり、涙が出ました。ああ、日本が戦争に負けて、よかったのだと思いました。生まれてはじめて、真の自由というものの姿を見た、と思いました。もしこれが、政治運動や社会運動から生まれた子だとしたなら、人間はまず政治思想、社会思想をこそ第一に学ぶべきだと思いました。

なおも行進を見ているうちに、自分の行くべき一条の光の路《みち》がいよいよ間違いなしに触知せられたような大歓喜の気分になり、涙が気持ちよく頬を流れて、そうして水にもぐって目をひらいてみたときのように、あたりの風景がぼんやり緑色に烟《けむ》って、そうしてその薄明の漾々《ようよう》[25]と動いている中を、真紅の旗が燃えている有り様を、ああその色を、私はめそめそ泣きながら、死んでも忘れまいと思ったら、トカトントンと遠く幽かに聞こえて、もうそれっきりになりました。

いったい、あの音はなんでしょう。虚無《ニヒル》などと簡単に片づけられそうもないんです。あのトカトントンの幻聴は、虚無《ニヒル》をさえ打ちこわしてしまうのです。

夏になると、この地方の青年たちの間で、にわかにスポーツ熱がさかんになりました。私には多少、年寄りくさい実利主義的な傾向もあるのでしょうか、なんの意味もなくまっぱだかになって相撲をとり、投げられて大怪我をしたり、顔つきをかえて走って誰よりも誰が早いとか、どうせ百メートル二十秒の組でどんぐりの背ならべなのに、ばかばかしい、というような気がして、青年たちのそんなスポーツに参加しよう

25　漾々　水などが揺れ動き、漂い流れるさま。

と思ったことはいちどもなかったのです。けれども、ことしの八月に、この海岸線の各部落を縫って走破する駅伝競走というものがあって、この郡の青年たちが大勢参加し、このAの郵便局も、その競走の中継所ということになり、青森を出発した選手が、ここで次の選手と交代になるのだそうで、午前十時少しすぎ、そろそろ青森を出発した選手たちがここへ到着するころだというので、局の者たちは皆、外へ見物に出て、私と局長だけ局に残って簡易保険の整理をしていましたが、やがて、来た、来た、というどよめきが聞こえ、私は立って窓から見ていましたら、それがすなわちラストヘビー[26]というもののつもりなのでしょう、両手の指の股を蛙《かえる》の手のようにひろげ、空気を掻《か》き分けて進むというような奇妙な腕の振り具合で、そうしてまっぱだかにパンツ一つ、もちろん裸足で、大きい胸を高く突き上げ、苦悶《くもん》の表情よろしく首をそらして左右にうごかし、よたよたと走って局の前まで来て、ううんと一声唸《うな》って倒れ、「ようし！　頑張ったぞ！」と付き添いの者が叫んで、それを抱き上げ、私の見ている窓の下に連れて来て、用意の手桶《ておけ》の水を、ざぶりとその選手にぶっかけ、選手はほとんど半死半生の危険な状態のようにも見え、顔は真っ青でぐたりとなって寝ている、その姿を眺めて私は、実に異様な感激に襲われたのです。

可憐《かれん》、などと二十六歳の私が言うのも思い上がっているようですが、いじらしさ、と言えばいいか、とにかく、力の浪費もここまでくると、みごとなものだと思いました。このひとたちが、一等をとったって二等をとったって、世間はそれにほとんど興味を感じないのに、それでも命懸けで、ラストヘビーなんかやっているのです。別に、この駅伝競走によって、いわゆる文化国家を建設しようという理想を持っているわけでもないでしょうし、また、理想も何もないのに、それでも、おていさいから、そんな理想を口にして走って、もって世間の人たちにほめられようなどとも思っていないでしょう。また、将来大マラソン家になろうという野心もなく、どうせ田舎の駆けっくらで、タイムも何も問題にならんことは、よく知っているでしょうし、家へ帰っても、その家族の者たちに手柄話などする気もなく、かえってお父さんに叱られはせぬかと心配して、けれども、それでも走りたいのです。いのちがけで、やってみたいのです。誰にほめられなくてもいいんです。ただ、走ってみたいのです。無報酬の行為です。幼時の危い木登りには、まだ柿の実を取って食おうという欲がありましたが、

26 ラストヘビー　追い込み。ラストスパート。［和製英語］

このいのちがけのマラソンには、それさえありません。ほとんど虚無の情熱だと思いました。それが、その時の私の空虚な気分にぴったり合ってしまったのです。私は局員たちを相手にキャッチボールをはじめました。へとへとになるまで続けると、何か脱皮に似た爽やかさが感ぜられ、これだと思ったとたんに、やはりあのトカトントンが聞こえるのです。あのトカトントンの音は、虚無の情熱をさえ打ち倒します。

もう、このころでは、あのトカトントンが、いよいよ頻繁に聞こえ、新聞をひろげて、新憲法を一条一条熟読しようとすると、トカトントン、局の人事について伯父から相談を掛けられ、名案がふっと胸に浮かんでも、トカトントン、あなたの小説を読もうとしても、トカトントン、こないだこの部落に火事があって起きて火事場に駆けつけようとして、トカトントン、伯父のお相手で、晩ごはんのときお酒を飲んで、も少し飲んでみようかと思って、トカトントン、もう気が狂ってしまっているのではなかろうかと思って、これもトカトントン、自殺を考え、トカトントン。

「人生というのは、一口に言ったら、なんですか。」

と私は昨夜、伯父の晩酌の相手をしながら、ふざけた口調で尋ねてみました。

「人生、それはわからん。しかし、世の中は、色と欲さ。」

案外の名答だと思いました。そうして、ふっと私は、闇屋になろうかしらと思いました。しかし、闇屋になって一万円もうけたときのことを考えたら、すぐトカトントンが聞こえてきました。

教えてください。この音は、なんでしょう。そうして、この音からのがれるには、どうしたらいいのでしょう。私はいま、実際、この音のために身動きができなくなっています。どうか、ご返事をください。

なお最後にもう一言つけ加えさせていただくなら、私はこの手紙を半分も書かぬうちに、もう、トカトントンが、さかんに聞こえてきていたのです。こんな手紙を書く、つまらなさ。それでも、我慢してとにかく、これだけ書きました。そうして、あんまりつまらないから、やけになって、ウソばっかり書いたような気がします。花江さんなんて女もいないし、デモも見たのじゃないんです。その他のことも、たいがいウソのようです。

しかし、トカトントンだけは、ウソでないようです。読みかえさず、このままお送りいたします。敬具。

この奇異なる手紙を受け取った某作家は、むざんにも無学無思想の男であったが、次のごとき返答を与えた。

拝復。気取った苦悩ですね。僕は、あまり同情してはいないんですよ。[27]十指の指差すところ、十目の見るところの、いかなる弁明も成立しない醜態を、君はまだ避けているようですね。真の思想は、叡智《えいち》よりも勇気を必要とするものです。[28]マタイ十章、二八、「身を殺して霊魂《たましい》をころし得ぬ者どもを懼《おそ》るな、身と霊魂とを[29]ゲヘナにて滅し得る者をおそれよ。」この場合の「懼る」は、「畏敬」の意にちかいようです。このイエスの言に、[30]霹靂《へきれき》を感ずることができたら、君の幻聴は止《や》むはずです。[31]不尽。

27 十指の指差すところ、十目の見るところ　多くの人の意見が一致すること、多くの人が正しいと認めるところ。中国の五経の一つ「礼記」の一節。28 マタイ　『新約聖書』の「マタイ伝福音書」。マタイはイエスの直弟子で十二使徒の一人。29 ゲヘナ　エルサレム近郊の、生《い》け贄《にえ》がささげられた谷。「聖書」では地獄を意味する。30 霹靂　雷。雷鳴。31 不尽　手紙の末文に添えることば。十分に思いを尽くせない、という意。

解説

作者について——太宰 治

嶋田直哉

明治四二年六月一九日—昭和二三年六月一三日。青森県生まれ。東京帝国大学文学部仏文科中退。本名津島修治《つしましゅうじ》。父津島源右衛門《げんえもん》、母たねの六男として生まれた。ちなみに二人の間には一一人の子どもがいる。太宰は一〇番目の子どもである。津島家は県下有数の大地主で、父源右衛門は県会議員、衆議院議員、貴族院議員などを歴任した地元の名士であった。父は多忙、母は病弱であったため幼少より乳母に育てられる。特に乳母たけは「津軽」において重要な人物として登場する。小学生の頃より成績が優秀で県立青森中学校、弘前《ひろさき》高等学校に進学。青森中学校時代より芥川龍之介《あくたがわりゅうのすけ》、井伏鱒二《いぶせますじ》、室生《むろう》犀星《さいせい》、菊池《きくち》寛《かん》などを耽読。芥川の自死（昭和二・七・二四）にはショックを受けたといわれている。昭和二年頃、青森市の花柳界に出入りし芸妓《げいぎ》の小山初代《おやまはつよ》と親しくなる。昭和三年五月、プロレタリア文学運動に影響を受け、個人編集の同人誌「細胞文芸」を創刊。井伏鱒二などの作家に原稿料を払い寄稿を受ける。昭和四年一二月カルモチンを大量に嚥下《えんげ》して自殺未遂事件を起こす。昭和五年四月、東京帝国大学仏文科に入学。同年五月、日本共産党の左翼運動に加わる一方で井伏鱒二を訪ね、以後終生師事することになる。一一月、上京した長兄は義絶（分家除籍）を条件に初代との結婚を認めるものの、除籍にショックを受け、直後に銀座のカフェーの女給田部《たべ》シメ子とともに鎌倉でカルモチン自殺を図り、田部シメ子だけが絶命する。この事件は後年「道化の華」でも取り上げられている。一二月に初代と仮祝言。同棲生活に入る。昭和六—七年にかけて左翼運動に没入し転居を繰り返すが、長兄が憤り送金を停止し、運動からの離脱を迫る。一二月に完全に左翼運動からの離脱を決意。この頃太宰治の筆名を考えるようになる。昭和七年、作家になる決意をし、太宰治の筆名を初めて用いて「田舎者」（「海豹《かいひょう》通信」昭和八・二）を発表。「魚服記」（「海豹」昭和八・三）、「思ひ出」（同昭和八・四、六、七）と続けて発表する。この頃、檀一雄《だんかずお》と知り合う。昭和一〇年三月都新聞の入社試験を受けるが失敗。鎌倉で自殺未遂。四月、急性虫垂炎の手術後、腹膜炎を併発し重態になる。鎮静剤としてパビナールを使用し、以後中毒に悩む。「逆行」（「文芸」昭和一〇・二）、「道化の華」（「日本浪曼派《にほんろうまんは》」昭和一〇・五）、「ダス・ゲマイネ」（「文藝春秋《ぶんげいしゅんじゅう》」昭和一〇・一〇）などを発表。特に「逆行」は第一回芥川賞候補作品となるが、受賞には至らなかった。昭和一一年、パビナール中毒治療のため入退院を繰り返す。六月、第一作品集『晩年』（砂子屋書房）を刊行。八月、第三回芥川賞に落選。昭和一二年三月、初代とカルモチン心中未遂。こののち初代と離別する。五月『虚構の彷徨《ほうこう》』（新潮社）、七月『二十世紀旗手』（版画荘）を刊行。昭和一三年七月、井伏鱒二からの縁談を機に転換を図る。九月、山梨県御坂峠《みさかとうげ》の天下茶屋で創作に専念。その間に石原《いしはら》美知子《みちこ》と見合いをする。この時期のことは「富嶽百景」（「文体」昭和一四・二―三）に詳しい。昭和一四年一月、石原美知子と結婚。甲府市に居を構える。四月「女生徒」（「文學界」）を発表。九月、東京府三鷹《みたか》村下連雀《しもれんじやく》（現・三鷹市）に転居。以後生活が安定し、佳作を多数発表するようになる。昭和一五年五月「走れメロス」（「新潮」）を発表。昭和一六年六月、長女園子《そのこ》誕生。九月、太田静子《おおたしずこ》を知る。昭和一九年、五―六月に津軽地方を旅行。この時の体験が一一月『津軽』（小山書店）に結実する。昭和二〇年三月、甲府に疎開。空襲に遭《あ》い石原家は全焼したため七月、津軽に再疎開。昭和二一年一一月、疎開生活を切り上げ三鷹に戻る。昭和二二年二月、太田静子《おおたしずこ》を神奈川県下曾我《しもそが》（現・小田原市）まで訪ねる。三月、山崎富栄《やまざきとみえ》と知り合う。一一月、太田静子との間に治子《はるこ》誕生。太田静子はベストセラーとなる『斜陽』（新潮社　昭和二二・一二）の材料を提供したといわれている。昭和二三年六月一三日夜半、山崎富栄と玉川上水に入水、同月一九日に遺体が発見される。

　このような太宰の生涯を発表作品の観点からまとめてみると以下の三期に区分できる。第一期（昭和八―一二年）は左翼運動から撤退し太宰治の筆名で発表するようになった昭和八年から、初代と離別する昭和一二年までである。この時期は「道化の華」に代表されるような実験的な作風が目立つ。特に一人称「私」をめぐる作品は昭和一〇年前後の文学作品に流行したメタ・フィクション（小説内小説）の構造、「私」を語る「私」といった語りの構造を有するものなど特徴的なものが多い。自殺未遂を繰り返し、薬物中毒に苦しむ中で同時代的な文学的動向をしっかりと意識して創作活動に励んだ姿勢は、ともすれば放埒《ほうらつ》な実生活を前に印象が薄くなってしまうが、太宰が作家としての出発期に多くの実験を行いながら自身の文体＝スタイルを模索していった点は注目されてもいいだろう。このような太宰の創作活動が時代とかけ離れたものではなく、時代に即応していたことの証左となるのは二度にわたって芥川賞候補に挙がったことである。第一回芥川賞落選時には選考委員であった川端康成《かわばたやすなり》から私生活について「作者目下の生活に厭《いや》な雲あり」と評され、それに対して太宰は「川端康成へ」（「文藝通信」昭和一〇・一〇）で、「小鳥を飼い、舞踏を見るのがそんなに立派な生活なのか」「刺す」といった露骨な言葉で反撃している。またそのような態度とは裏腹に同じく選考委員であった佐藤春夫《さとうはるお》には受賞を懇願する書簡を送っている。これらの姿勢から太宰がいかに自身の小説スタイルに自信を持っていたのかが理解できる。事実、晩年に発表された『人間失格』（筑摩書房　昭和二三・七）を読めばすぐにわかるように、この時期に獲得した小説の構造を太宰は終生こだわり続けて創作していくのだ。

第二期（昭和一三―二〇年）は井伏鱒二の紹介により石原美知子と知り合った昭和一三年から終戦の昭和二〇年までである。この時期、太宰は石原美知子との結婚（昭和一四年一月）、長女園子の誕生（昭和一六年六月）、美知子を伴って津軽への帰郷（昭和一七年）と第一期よりは結婚によって実生活も格段に安定している。このような生活の安定のおかげで多くの佳作が発表される。「富嶽百景」、「女生徒」、「駈込み訴え」（「中央公論」昭和一五・二）、「千代女」（「改造」昭和一六・六）、「津軽」など長篇小説から短篇小説まで様々なテーマの作品が発表されるのがこの時期である。特に注目したいのは「女生徒」「千代女」といった女性一人称告白体小説が発表されることだ。川端康成が激賛したように「女生徒」は発表当初より評判が高く、同作で太宰は透谷文学賞を受賞している。太宰の作品の大きな特徴ともいえるこの〈女性語り〉という形式の作品は、いうまでもなく第一期で獲得した「私」をめぐる語りの戦略上の一貫にあると考えてよいだろう。また中学校や高等学校の教科書に収録される多くの作品はこの時期に書かれたものが多い。物語内容の多様さと充実、語りの戦略の成熟とまさにこの時期において太宰が作家的な頂点を迎えていることは事実だ。この時期の太宰の作家活動、実生活については太宰の妻である津島美知子『回想の太宰治』（人文書院　昭和五三・五）に詳しい。

第三期（昭和二一―二三年）は戦中の甲府―津軽の疎開生活を終え、三鷹の旧宅に戻ってきた昭和二一年一一月から山崎富栄と心中自殺をとげる昭和二三年六月までである。この時期の太宰は戦後『斜陽』によってベストセラー作家となるものの、女性関係を中心に破滅的な生活によって自死に至っている。「人間失格」（「展望」昭和二三・六―八）など現在も高校生に愛読されている作品、そしていわゆる〈太宰治〉の作家イメージは、この晩年の退廃した生活が大いに影響している。ただこのような魅力的な作家イメージはさておき、作品群を冷静に読んでみれば没落貴族を描いた『斜陽』、手記をメタ・フィクションで構成した『人間失格』、絶筆となったユーモア小説「グッド・バイ」（「朝日新聞」昭和二三・六・二一）に至るまで、作品のテーマ、物語構造など興味深い作品が多いことに気がつく。自死に至るまで太宰は魅力的な作品を紡ぎ出す優れた作家であったことが再確認されるのだ。

文学史的な観点から太宰治は坂口安吾《さかぐちあんご》（明治三九・一〇・二〇―昭和三〇・二・一七）、織田《おだ》作之助《さくのすけ》（大正二・一〇・二六―昭和二二・一・一〇）とともに無頼派の作家と考えられている。確かに四度の自殺未遂をし、実際に自死を遂げた退廃的なそして無頼なイメージとともに語られる作家で、そのイメージに見合った作風の『人間失格』や『斜陽』ばかりが注目されてしまう。しかしこれまで述べてきたようにその作品群は多彩なストーリーはもとより女性一人称語り、メタ・フィクションなど構造的にみても実に興味深いものが多い。自死といった一面的な作家イメージに収斂《しゅうれん》してしまい、それのみで作品を理解しようとすると実に矮小化《わいしょうか》した読解しかできないのが太宰治である。本文庫に収録された作品をはじめとして多彩な作品に触れ読者それぞれの〈太宰治〉をイメージして欲しい。

「走れメロス」と熱海《あたみ》事件

檀《だん》　一雄《かずお》

あらゆる芸術作品が成立する根本の事情は、その作家の内奥にかくれている動かしがたい長年月の忍苦に近い肉感があって、それが激発し流露《りゅうろ》してゆくものに相違なく、それらの作品成立の動機や原因を、卑近な出来事に結《ゆ》えつけて考えてみるのは決していいことではない。

いや、しばしば間違いですらあるだろう。だから、今から語る「熱海事件」を、「走れメロス」という作品が生まれた原因であったなどと、私は強弁するような、そんな身勝手な妄想も意志も持っていない。

ただ、私は「走れメロス」という作品を読む度に、何となく「熱海事件」が思い合わされて、その時間に耐えた太宰の切ない祈りのような苦渋の表情がさながら目《ま》のあたり見えてくるような心地がするというだけのことである。

昭和十一年の暮れであったか。

何しろ寒い時節の事であった。おそらく太宰が碧雲荘《へきうんそう》に間借りしてくらしていた頃であったろう。本郷の私の下宿に太宰の先夫人の初代さんがやってきたのである。用向きは太宰が今熱海に仕事をしに行っているから、呼び戻して来てくれというのであった。

その時預った金は、太宰が兄さんから月三回に分けて送ってもらっている三十円。三十円全部はなかったかもしれないが、二十八、九円はあった。

熱海のその太宰の宿はすぐわかった。今の糸川べりから海岸にそって袖ガ浦の方へぬけて行く途中であったような記憶がある。

太宰はひどく喜んで、三十円を受け取ってから、天婦羅《てんぷら》を食いに行こうと、私を誘った。袖ガ浦に抜けるトンネルの少し手前の、断崖の上に立っている見晴らしのいい、イケスの天婦羅屋であった。途々《みちみち》女郎屋町のまん中のノミ屋のオヤジも誘い出していって、太宰はこのオヤジに金を渡し支払わせていたが、たしか十何円というあらかた持参金の半分近くがけし飛ぶような勘定だったことを覚えている。

それからはもう無茶苦茶だ。女郎屋の方に流連荒亡《りゆうれんこうぼう》。目がさめれば例のノミ屋のオヤジの店で飲みつづける。

或朝《あるあさ》太宰が、菊池寛《きくちかん》のところに借金歎願に行ってくると言って、さすがに辛そうに振りきるようにして熱海をあとにして出ていった。成算あるのかどうか心許《こころもと》ないが、しかし、私は待つより外にない。

五日待ったか、十日待ったか、もう忘れた。私は宿に軟禁の態《てい》である。この時私が自分の汽車賃だけをでも持っていたならば、必ず脱出しただろう。が、それさえ出来ず、ノミ屋のオヤジに連れられて、井伏さんの家へノコノコと出かけていった汚辱の一瞬の思い出だけは忘れられるものではない。太宰は井伏さんと将棋をさしていた。私は多分太宰を怒鳴ったろう。そうするよりほかに恰好《かっこう》がつかなかった。

この時、太宰が泣くような顔で、

「待つ身が辛いかね、待たせる身が辛いかね。」

暗くつぶやいた言葉が今でも耳の底に消えにくい。

（『太宰治全集』月報三号　筑摩書房）

檀一雄　一九一二（明治四五）年―一九七六（昭和五一）年。小説家。山梨県に生まれた。無頼派の一人。太宰とともに「日本浪漫派」に参加。妻の死を描いた「リツ子・その愛」「リツ子・その死」、放蕩する作家の生活を描いた「火宅の人」などの小説がある。

不良少年とキリスト（抄）

坂口安吾《さかぐちあんご》

もう十日、歯がいたい。右頬に氷をのせ、ズルフォン剤をのんで、ねている。ねていたくないのだが、氷をのせると、ねる以外に仕方がない。ねて本を読む。太宰の本をあらかた読みかえした。

〈中略〉

檀一雄《だんかずお》、来る。ふところより高価なるタバコをとりだし、貧乏するとゼイタクになる、タンマリお金があると、二十円の手巻きを買う、と呟《つぶや》きつつ、余に一個くれたり。

「太宰が死にましたね。死んだから、葬式に行かなかった。」

死なない葬式が、あるもんか。

檀は太宰と一緒に共産党の細胞とやらいう生物活動をしたことがあるのだ。そのとき太宰は、生物の親分格で、檀一雄の話によると一団中で最もマジメな党員だったそうである。

「とびこんだ場所が自分のウチの近所だから、今度はほんとに死んだと思った。」

檀仙人は神示をたれて、また、曰《い》わく、

「またイタズラしましたね。なにかしらイタズラするです。死んだ日が十三日、グッドバイが十三回目、なんとか、なんとかが、十三……。」

檀仙人は十三をズラリと並べた。てんで気がついていなかったから、私は呆気《あっけ》にとられた。仙人の眼力である。

太宰の死は、誰より早く、私が知った。まだ新聞へでないうちに、新潮の記者が知らせに来たのである。それをきくと、私はただちに置手紙を残して行方をくらました。新聞、雑誌が太宰のことで襲撃すると直覚に及んだからで、太宰のことは当分語りたくないから、と来訪の記者諸氏に宛て、書き残して、家をでたのである。これがマチガイの元であった。新聞記者は私の置手紙の日付が新聞記事よりも早いので、怪しんだのだ。太宰の自殺が狂言で、私が二人をかくまっていると思ったのである。

私も、はじめ、生きているのじゃないか、と思った。しかし、川っぷちに、ズリ落ちた跡がハッキリしていたときいたので、それでは本当に死んだと思った。ズリ落ちた跡までイタズラはできない。新聞記者は拙者に弟子入りして探偵小説を勉強しろ。

新聞記者のカンチガイが本当であったら、大いに、よかった。一年間ぐらい太宰を隠しておいて、ヒョイと生きかえらせたら、新聞記者や世の良識ある人々はカンカンに怒るかしれないが、たまにはそんなことがあっても、いいではないか。本当の自殺よりも、狂言自殺をたくらむだけのイタズラができたら、太宰の文学はもっと傑《すぐ》れたものになったろうと私は思っている。

★

ブランデン氏は、日本の文学者どもと違って眼識ある人である。太宰の死にふれて（時事新報）文学者がメランコリイだけで死ぬのは例が少ない、だいたい虚弱から追いつめられるもので、太宰の場合も肺病が一因ではないか、という説であった。

芥川《あくたがわ》も、そうだ。中国で感染した梅毒が、貴族趣味のこの人をふるえあがらせたことが思いやられる。

芥川や太宰の苦悩に、もはや梅毒や肺病からの圧迫が慢性となって、無自覚になっていたとしても、自殺へのコースをひらいた圧力の大きなものが、彼らの虚弱であったことは本当だと私は思う。

太宰は、M・C、マイ・コメジアン、を自称しながら、どうしても、コメジアンになりきることが、できなかった。

晩年のものでは、――どうも、いけない。彼は「晩年」という小説を書いてるもんで、こんぐらかって、いけないよ。その死に近きころの作品に於《お》いては（舌がまわらんネ）「斜陽」が最もすぐれている。しかし十年前の「魚服記」（これぞ晩年の中にあり）は、すばらしいじゃないか。これぞ、M・Cの作品です。「斜陽」も、ほぼ、M・Cだけれども、どうしてもM・Cになりきれなかったんだね。

「父」だの「桜桃」だの、苦しいよ。あれを人に見せちゃア、いけないんだ。あれはフツカヨイの中にだけあり、フツカヨイの中で処理してしまわなければいけない性質のものだ。

フツカヨイの、もしくは、フツカヨイ的の、自責や追懐の苦しさ、切なさを、文学の問題にしてもいけないし、人生の問題にしてもいけない。

死に近きころの太宰は、フツカヨイ的でありすぎた。毎日がいくらフツカヨイであるにしても、文学がフツカヨイじゃ、いけない。舞台にあがったM・Cにフツカヨイは許されないのだよ。覚醒剤をのみすぎ、心臓がバクハツしても、舞台の上のフツカヨイはくいとめなければいけない。

芥川は、ともかく、舞台の上で死んだ。死ぬ時も、ちょッと、役者だった。太宰は、十三の数をひねくったり、人間失格、グッドバイと時間をかけて筋をたて、筋書き通りにやりながら、結局、舞台の上ではなく、フツカヨイ的に死んでしまった。

フツカヨイをとり去れば、太宰は健全にして整然たる常識人、つまり、マットウの人間であった。小林秀雄が、そうである。太宰は小林の常識性を笑っていたが、それはマチガイである。真に正しく整然たる常識人でなければ、まことの文学は、書ける筈《はず》がない。

今年の一月何日だか、織田作之助《おださくのすけ》の一周忌に酒をのんだとき、織田夫人が二時間ほど、おくれて来た。その時までに一座は大いに酔っ払っていたが、誰かが織田の何人かの隠していた女の話をはじめたので、

「そういう話は今のうちにやってしまえ。織田夫人がきたら、やるんじゃないよ。」

と私が言うと、

「そうだ、そうだ、ほんとうだ。」

と、間髪を入れず、大声でアイヅチを打ったのが太宰であった。先輩を訪問するに袴をはき、太宰は、そういう男である。健全にして、整然たる、本当の人間であった。

しかし、M・Cになれず、どうしてもフツカヨイ的になりがちであった。

人間、生きながらえば恥多し。しかし、文学のM・Cには、人間の恥はあるが、フツカヨイの恥はない。

「斜陽」には、変な敬語が多すぎる。お弁当をお座敷にひろげて御持参のウイスキーをお飲みになり、といったグアイに、そうかと思うと、和田叔父が汽車にのると上キゲンに謡をうなる、というように、いかにも貴族の月並な紋切型で、作者というものは、こんなところに文学のまことの問題はないのだから平気な筈なのに、実に、フツカヨイ的に最も赤面するのが、こういうところなのである。

まったく、こんな赤面は無意味で、文学にとって、とるにも足らぬことだ。

ところが、志賀直哉《しがなおや》という人物が、これを採りあげて、やッつける。つまり、志賀直哉なる人物が、いかに文学者でないか、単なる文章家にすぎん、ということが、これによって明らかなのであるが、ところが、これがまた、フツカヨイ的には最も急所をついたもので、太宰を赤面混乱させ、逆上させたに相違ない。

元々太宰は調子にのると、フツカヨイ的にすべってしまう男で、彼自身が、志賀直哉の「お殺し」という敬語が、体をなさんと言って、やッつける。

いったいに、こういうところには、太宰の一番かくしたい秘密があった、と私は思う。

彼の小説には、初期のものから始めて、自分が良家の出であることが、書かれすぎている。

そのくせ、彼は、亀井勝一郎《かめいかついちろう》が何かの中で自ら名門の子弟を名乗ったら、ゲッ、名門、笑わせるな、名門なんて、イヤな言葉、そう言ったが、なぜ、名門がおかしいのか、つまり太宰が、それにコダワッているのだ。名門のおかしさが、すぐ響くのだ。志賀直哉のお殺しも、それが彼にひびく意味があったのだろう。

フロイドに「誤謬《ごびゅう》の訂正」ということがある。我々が、つい言葉を言いまちがえたりすると、それを訂正する意味で、無意識のうちに類似のマチガイをやって、合理化しようとするものだ。

フツカヨイ的な衰弱的な心理には、特にこれがひどくなり、赤面逆上的混乱苦痛とともに、誤謬の訂正的発狂状態が起るものである。

太宰は、これを、文学の上でやった。

思うに太宰は、その若い時から、家出をして女の世話になった時などに、良家の子弟、時には、華族の子弟ぐらいのところを、気取っていたこともあったのだろう。その手で、飲み屋をだまして、借金を重ねたことも、あったかもしれぬ。

フツカヨイ的に衰弱した心には、遠い一生のそれらの恥の数々が赤面逆上的に彼を苦しめていたに相違ない。そして彼は、その小説で、誤謬の訂正をやらかした。フロイドの誤謬の訂正とは、誤謬を素直に訂正することではなくて、もう一度、類似の誤謬を犯すことによって、訂正のツジツマを合わせようとする意味である。

けだし、率直な誤謬の訂正、つまり善なる建設への積極的な努力を、太宰はやらなかった。彼は、やりたかったのだ。そのアコガレや、良識は、彼の言動にあふれていた。しかし、やれなかった。そこには、たしかに、虚弱の影響もある。しかし、虚弱に責を負わせるのは正理ではない。たしかに、彼が、安易であったせいである。

M・Cになるには、フツカヨイを殺してかかる努力がいるが、フツカヨイの嘆きに溺《おぼ》れてしまうには、努力が少なくてすむのだ。しかし、なぜ、安易であったか、やっぱり、虚弱に帰するべきであるかもしれぬ。

むかし、太宰がニヤリと笑って田中英光《たなかひでみつ》に教訓をたれた。ファン・レターには、うるさがらずに、返事をかけよ、オトクイサマだからな。文学者も商人だよ。田中英光《たなかひでみつ》はこの教訓にしたがって、セッセと返事を書くそうだが、太宰がセッセと返事を書いたか、あんまり書きもしなかろう。

しかし、ともかく、太宰が相当ファンにサービスしていることは事実で、去年私のところへ金沢だかどこかの本屋のオヤジが、画帖（だか、どうだか、中をあけてみなかったが、相当厚みのあるものであった）を送ってよこして、一筆かいてくれという。包みをあけずに、ほッたらかしておいたら、時々サイソクがきて、そのうち、あれは非常に高価な紙をムリして買ったもので、もう何々さん、何々さん、何々さん、太宰さんも書いてくれた、余は汝坂《なんじ》口先生の人格を信用している、というような変なことが書いてあった。虫の居どころの悪い時で、私も腹を立て、変なインネンをつけるな、バカ者め、と、包みをそっくり送り返したら、このキチガイめ、と怒った返事がきたことがあった。その時のハガキによると、太宰は絵をかいて、それに書を加えてやったようである。相当のサービスと申すべきであろう。これも、彼の虚弱からきていることだろうと私は思っている。

いったいに、女優男優はとにかく、文学者とファン、ということは、日本にも、外国にも、あんまり話題にならない。だいたい、現世的な俳優という仕事と違って、文学は歴史性のある仕事であるから、文学者の関心は、現世的なものとは交わりが浅くなるのが当然で、ヴァレリイはじめ崇拝者にとりまかれていたというマラルメにしても、木曜会の漱石《そうせき》にしても、ファンというより門弟で、一応才能の資格が前提されたツナガリであったろう。

太宰の場合は、そうではなく、映画ファンと同じようで、こういうところは、芥川にも似たところがある。私はこれを彼らの肉体の虚弱からきたものと見るのである。

彼らの文学は本来孤独の文学で、現世的、ファン的なものとツナガルところはない筈であるのに、つまり、彼らは、舞台の上のM・Cになりきる強靭《きょうじん》さが欠けていて、その弱さを現世的におぎなうようになったのだろうと私は思う。

結局は、それが、彼らを、死に追いやった。彼らが現世を突ッぱねていれば、彼らは、自殺はしなかった。自殺したかも、しれぬ。しかし、ともかく、もっと強靭なM・Cとなり、さらに傑《すぐ》れた作品を書いたであろう。

芥川にしても、太宰にしても、彼らの小説は、心理通、人間通の作品で、思想性は殆《ほとん》どない。

虚無というものは、思想ではないのである。人間そのものに付属した生理的な精神内容で、思想というものは、もっとバカな、オッチョコチョイなものだ。キリストは、思想でなく、人間そのものである。

人間性（虚無は人間性の付属品だ）は永遠不変のものであり、人間一般のものであるが、個人というものは、五十年しか生きられない人間で、その点で、唯一の特別な人間であり、人間一般と違う。思想とは、この個人に属するもので、だから、生き、また、亡びるものである。だから、元来、オッチョコチョイなのである。

思想とは、個人が、ともかく、自分の一生を大切に、より良く生きようとして、工夫をこらし、必死にあみだした策であるが、それだから、また、人間、死んでしまえば、それまでさ、アクセクするな、と言ってしまえば、それまでだ。

太宰は悟りすまして、そう言いきることも出来なかった。そのくせ、よりよく生きる工夫をほどこし、青くさい思想を怖《おそ》れず、バカになることは、なお、できなかった。しかし、そう悟りすまして、冷然、人生を白眼視しても、ちッとも救われもせず、偉くもない。それを太宰は、イヤというほど、知っていた筈だ。

太宰のこういう「救われざる悲しさ」は、太宰ファンなどというものには分からない。太宰ファンは、太宰が冷然、白眼視、青くさい思想や人間どもの悪アガキを冷笑して、フツカヨイ的な自虐作用を見せるたびに、カッサイしていたのである。

太宰はフツカヨイ的では、ありたくないと思い、もっともそれを呪っていた筈だ。どんなに青くさくても構わない、幼稚でもいい、よりよく生きるために、世間的な善行でもなんでも、必死に工夫して、よい人間になりたかった筈だ。

それをさせなかったものは、もろもろの彼の虚弱だ。そして彼は現世のファンに迎合し、歴史の中のＭ・Ｃにならずに、ファンだけのためのＭ・Ｃになった。

「人間失格」「グッドバイ」「十三」なんて、いやらしい、ゲッ。他人がそれをやれば、太宰は必ず、そう言う筈ではないか。

太宰が死にそこなって、生きかえったら、いずれはフツカヨイ的に赤面逆上、大混乱、苦《く》悶《もん》のアゲク、「人間失格」「グッドバイ」自殺、イヤらしい、ゲッ、そういうものを書いたにきまっている。

★

太宰は、時々、ホンモノのM・Cになり、光りかがやくような作品をかいている。「魚服記」、「斜陽」、その他、昔のものにも、いくつとなくあるが、近年のものでも、「男女同権」とか、「親友交驩《こうかん》」のような軽いものでも、立派なものだ。堂々、見あげたM・Cであり、歴史の中のM・Cぶりである。

けれども、それが持続ができず、どうしてもフツカヨイのM・Cになってしまう。そこから持ち直して、ホンモノのM・Cに、もどる。また、フツカヨイのM・Cにもどる。それを繰りかえしていたようだ。

しかし、そのたびに、語り方が巧《うま》くなり、よい語り手になっている。文学の内容は変わっていない。それは彼が人間通の文学で、人間性の原本的な問題のみ取り扱っているから、思想的な生成変化が見られないのである。

今度も、自殺をせず、立ち直って、歴史の中のM・Cになりかえったなら、彼は更に巧みな語り手となって、美しい物語をサービスした筈であった。だいたいに、フツカヨイ的自虐作用は、わかり易いものだから、深刻ずきな青年のカッサイを博すのは当然であるが、太宰ほどの高い孤独な魂が、フツカヨイのM・Cにひきずられがちであったのは、虚弱の致すところ、また、ひとつ、酒の致すところであったと私は思う。ブランデン氏は虚弱を見破ったが、私は、もう一つ、酒、この極めて通俗な魔物をつけ加える。

太宰の晩年はフツカヨイ的であったが、また、実際に、フツカヨイという通俗きわまるものが、彼の高い孤独な魂をむしばんでいたのだろうと思う。

酒は殆《ほとん》ど中毒を起さない。先日、さる精神病医の話によると、特に日本には真性アル中というものは殆どない由である。

けれども、酒を麻薬に非《あら》ず、料理の一種と思ったら、大マチガイですよ。

酒は、うまいもんじゃないです。僕はどんなウイスキーでもコニャックでも、イキを殺して、ようやく呑《の》み下しているのだ。酔っ払うために、のんでいるです。酔うと、ねむれます。これも効用のひとつ。

しかし、酒をのむと、否、酔っ払うと、忘れます。いや、別の人間に誕生します。もしも、自分というものが、忘れる必要がなかったら、何も、こんなものを、私はのみたくない。

自分を忘れたい、ウソつけ。忘れたきゃ、年中、酒をのんで、酔い通せ。これをデカダンと称す。屁理窟を言ってはならぬ。

私は生きているのだぜ。さっきも言う通り、人生五十年、タカが知れてらア、そう言うのが、あんまり易しいから、そう言いたくないと言ってるじゃないか。幼稚でも、青くさくても、泥くさくても、なんとか生きているアカシを立てようと心がけているのだ。年中酔い通すぐらいなら、死んでらい。

一時的に自分を忘れられるということは、これは魅力あることですよ。たしかに、これは、現実的に偉大なる魔術です。むかしは、金五十銭、ギザギザ一枚にぎると、新橋の駅前で、コップ酒五杯のんで、魔術がつかえた。ちかごろは、魔法をつかうのは、容易なことじゃ、ないですよ。太宰は、魔法つかいに失格せずに、人間に失格したです。と、思いこみ遊ばしたです。

もとより、太宰は、人間に失格しては、いない。フツカヨイに赤面逆上するだけでも、赤面逆上しないヤツバラよりも、どれぐらい、マットウに、人間的であったかしれぬ。小説が書けなくなったわけでもない。ちょッと、一時的に、M・Cになりきる力が衰えただけのことだ。

太宰は、たしかに、ある種の人々にとっては、つきあいにくい人間であったろう。

たとえば、太宰は私に向かって、文学界の同人についなっちゃったが、あれ、どうしたら、いいかね、と言うから、いいじゃないか、そんなこと、ほッたらかしておくがいいさ。アア、そうだ、そうだ、とよろこぶ。

そのあとで、人に向かって、坂口安吾にこうわざとショゲて見せたら、案の定、大先輩ぶって、ポンと胸をたたかんばかりに、いいじゃないか、ほッたらかしとけ、だってさ、などとおもしろおかしく言いかねない男なのである。

多くの旧友は、太宰のこの式の手に、太宰をイヤがって離れたりしたが、むろんこの手で友人たちは傷つけられたに相違ないが、実際は、太宰自身が、わが手によって、内々さらに傷つき、赤面逆上した筈である。

もとより、これらは、彼自身がその作中にも言っている通り、現に眼前の人へのサービスに、ふと、言ってしまうだけのことだ。それぐらいのことは、同様に作家たる友人連、知らない筈はないが、そうと知っても不快と思う人々は彼から離れたわけだろう。

しかし、太宰の内々の赤面逆上、自卑、その苦痛は、ひどかった筈だ。その点、彼は信頼に足る誠実漢であり、健全な、人間であったのだ。

だから、太宰は、座談では、ふと、このサービスをやらかして、内々赤面逆上に及ぶわけだが、それを文章に書いてはおらぬ。ところが、太宰の弟子の田中英光となると、座談も文学も区別なしに、これをやらかしており、そのあとで、内々どころか、大ッピラに、赤面混乱逆上などと書きとばして、それで当人救われた気持ちだから、助からない。

太宰は、そうではなかった。もっと、本当に、つつましく、敬虔《けいけん》で、誠実であったのである。それだけ、内々の赤面逆上は、ひどかった筈だ。

そういう自卑に人一倍苦しむ太宰に、酒の魔法は必需品であったのが当然だ。しかし、酒の魔術には、フツカヨイという香《かんば》しからぬ付属品があるから、こまる。火に油だ。料理用の酒には、フツカヨイはないのであるが、魔術用の酒には、これがある。精神の衰弱期に、魔術を用いると、淫しがちであり、ええ、ままよ、死んでもいいやと思いがちで、最も強烈な自覚症状としては、もう仕事もできなくなった、文学もイヤになった、これが、自分の本音のように思われる。実際は、フツカヨイの幻想で、そして、病的な幻想以外に、もう仕事ができない、という絶体絶命の場は、実在いたしてはおらぬ。

太宰のような人間通、色々知りぬいた人間でも、こんな俗なことを思いあやまる。ムリはないよ。酒は、魔術なのだから。俗でも、浅薄でも、敵が魔術だから、知っていても、人智は及ばぬ。ローレライです。

太宰は、悲し。ローレライに、してやられました。

情死だなんて、大ウソだよ。魔術使いは、酒の中で、女に惚《ほ》れるばかり。酒の中にいるのは、当人でなくて、別の人間だ。別の人間が惚れたって、当人は、知らないよ。

第一、ほんとに惚れて、死ぬなんて、ナンセンスさ。惚れたら、生きることです。

太宰の遺書は、体をなしていない。メチャメチャに酔っ払っていたようだ。十三日に死ぬことは、あるいは、内々考えていたかもしれぬ。ともかく、人間失格、グッドバイ、それで自殺、まア、それとなく筋は立てておいたのだろう。内々筋は立ててあっても、必ず死なねばならぬ筈でもない。必ず死なねばならぬ、そのような絶体絶命の思想とか、絶体絶命の場というものが、実在するものではないのである。

彼のフツカヨイ的衰弱が、内々の筋を、次第にノッピキならないものにしたのだろう。しかし、スタコラサッちゃんが、イヤだと言えば、実現はする筈がない。太宰がメチャメチャに酔って、言いだして、サッちゃんが、それを決定的にしたのであろう。

サッちゃんも、大酒飲みの由であるが、その遺書は、尊敬する先生のお伴をさせていただくのは身にあまる幸福です、というような整ったもので、一向に酔った跡はない。しかし、太宰の遺書は、書体も文章も体をなしておらず、途方もない御酩酊《ごめいてい》に相違なく、これが自殺でなければ、アレ、ゆうべは、あんなことをやったか、と、フツカヨイの赤面逆上があるところだが、自殺とあっては、翌朝、目がさめないから、ダメである。

太宰の遺書は、体をなしていなすぎる。太宰の死にちかいころの文章が、フツカヨイ的であっても、ともかく、現世を相手のM・Cであったことは、たしかだ。もっとも、「如是我聞《にょぜがもん》」の最終回(四回目か)は、ひどい。ここにも、M・Cは、殆どいない。あるものは、グチである。こういうものを書くことによって、彼の内々の赤面逆上はますますひどくなり、彼の精神は消耗して、ひとり、生きぐるしく、切なかったであろうと思う。しかし、彼がM・Cでなくなるほど、身近の者からカッサイが起こり、その愚かさを知りながら、ウンザりしつつ、カッサイの人々をめあてに、それに合わせて行ったらしい。その点では、彼は最後まで、M・Cではあった。彼をとりまく最もせまいサークルを相手に。

彼の遺書には、そのせまいサークル相手のM・Cすらもない。

子供が凡人でもカンベンしてやってくれ、という。奥さんには、あなたがキライで死ぬんじゃありません、とある。井伏さんは悪人です、とある。

そこにあるものは、泥酔の騒々しさばかりで、まったく、M・Cは、おらぬ。

だが、子供が凡人でも、カンベンしてやってくれ、とは、切ない。凡人でない子供が、彼はどんなに欲しかったろうか。凡人でも、わが子が、哀れなのだ。それで、いいではないか。太宰は、そういう、あたりまえの人間だ。彼の小説は、彼がまッとうな人間、小さな善良な健全な整った人間であることを承知して、読まねばならないものである。

しかし、子供をただ憐《あわ》れんでくれ、とは言わずに、特に凡人だから、と言っているところに、太宰の一生をつらぬく切なさの鍵もあったろう。つまり、彼は、非凡に憑《つ》かれた類の少ない見栄坊《みえぼう》でもあった。その見栄坊自体、通俗で常識的なものであるが、志賀直哉に対する「如是我聞」のグチの中でも、このことはバクロしている。

宮様が、身につまされて愛読した、それだけでいいではないか、と太宰は志賀直哉にくッてかかっているのであるが、日頃のM・Cのすぐれた技術を忘れると、彼は通俗そのものである。それでいいのだ。通俗で、常識的でなくて、どうして小説が書けようぞ。太宰が終生、ついに、この一事に気づかず、妙なカッサイに合わせてフツカヨイの自虐作用をやっていたのが、その大成をはばんだのである。

くりかえして言う。通俗、常識そのものでなければ、すぐれた文学は書ける筈がないのだ。太宰は通俗、常識のまッとうな典型的人間でありながら、ついに、その自覚をもつことができなかった。

★

人間をわりきろうなんて、ムリだ。特別、ひどいのは、子供というヤツだ。ヒョッコリ、生まれてきやがる。

不思議に、私には、子供がない。ヒョッコリ生まれかけたことが、二度あったが、死んで生まれたり、生まれて、とたんに死んだりした。おかげで、私は、いまだに、助かっているのである。

全然無意識のうちに、変テコリンに腹がふくらんだりして、にわかに、その気になったり、親みたいな心になって、そんな風にして、人間が生まれ、育つのだから、バカらしい。

人間は、決して、親の子ではない。キリストと同じように、みんな牛小屋か便所の中かなんかに生まれているのである。

親がなくとも、子が育つ。ウソです。親があっても、子が育つんだ。親なんて、バカな奴が、人間づらして、親づらして、腹がふくれて、にわかに慌てて、親らしくなりやがった出来損ないが、動物とも人間ともつかない変テコリンな憐れみをかけて、陰にこもって子供を育てやがる。親がなきゃ、子供は、もっと、立派に育つよ。

太宰という男は、親兄弟、家庭というものに、いためつけられた妙チキリンな不良少年であった。

生まれが、どうだ、と、つまらんことばかり、言ってやがる。強迫観念である。そのアゲク、奴《やつ》は、本当に、華族の子供、天皇の子供かなんかであればいい、と内々思って、そういうクダラン夢想が、奴の内々の人生であった。

太宰は親とか兄とか、先輩、長老というと、もう頭が上がらんのである。だから、それをヤッツケなければならぬ。悔しいのである。しかし、ふるいついて泣きたいぐらい、愛情をもっているのである。こういうところは、不良少年の典型的な心理であった。

彼は、四十になっても、まだ不良少年で、不良青年にも、不良老年にもなれない男であった。

不良少年は負けたくないのである。なんとかして、偉く見せたい。クビをくって、死んでも、偉く見せたい。宮様か天皇の子供でありたいように、死んでも、偉く見せたい。四十になっても、太宰の内々の心理は、それだけの不良少年の心理で、そのアサハカなことを本当にやりやがったから、無茶苦茶な奴だ。

文学者の死、そんなもんじゃない。四十になっても、不良少年だった妙テコリンの出来損ないが、千々《ちぢ》に乱れて、とうとう、やりやがったのである。

まったく、笑わせる奴だ。先輩を訪れる。先輩と称し、ハオリ袴で、やってきやがる。不良少年の仁義である。礼儀正しい。そして、天皇の子供みたいに、日本一、礼儀正しいツモリでいやがる。

芥川は太宰よりも、もっと大人のような、利口のような顔をして、そして、秀才で、おとなしくて、ウブらしかったが、実際は、同じ不良少年であった。二重人格で、もう一つの人格は、ふところにドスをのんで縁日かなんかぶらつき、小娘を脅迫、口説いていたのである。

文学者、もっと、ひどいのは、哲学者、笑わせるな。哲学。なにが、哲学だい。なんでもありゃしないじゃないか。思索ときやがる。

ヘーゲル、西田幾多郎《にしだきたろう》、なんだい、バカバカしい。六十になっても、人間なんて、不良少年、それだけのことじゃないか。大人ぶるない。冥想ときやがる。

何を冥想していたか。不良少年の冥想と、哲学者の冥想と、どこに違いがあるのか。持って回っているだけ、大人の方が、バカなテマがかかっているだけじゃないか。

芥川も、太宰も、不良少年の自殺であった。

　不良少年の中でも、特別、弱虫、泣き虫小僧であったのである。腕力じゃ、勝てない。理窟でも、勝てない。そこで、何か、ひきあいを出して、その権威によって、自己主張をする。芥川も、太宰も、キリストをひきあいに出した。弱虫の泣き虫小僧の不良少年の手である。

　ドストエフスキーとなると、不良少年でも、ガキ大将の腕ッ節があった。奴ぐらいの腕ッ節になると、キリストだの何だのヒキアイに出さぬ。自分がキリストになる。キリストをこしらえやがる。まったく、とうとう、こしらえやがった。アリョーシャという、死の直前に、ようやく、まにあった。そこまでは、シリメツレツであった。不良少年は、シリメツレツだ。

　死ぬ、とか、自殺、とか、くだらぬことだ。負けたから、死ぬのである。勝てば、死にはせぬ。死の勝利、そんなバカな論理を信じるのは、オタスケじいさんの虫きりを信じるよりも阿呆らしい。

　人間は生きることが、全部である。死ねば、なくなる。名声だの、芸術は長し、バカバカしい。私は、ユーレイはキライだよ。死んでも、生きてるなんて、そんなユーレイはキライだよ。

　生きることだけが、大事である、ということ。たったこれだけのことが、分かっていない。本当は、分かるとか、分からんという問題じゃない。生きるか、死ぬか、二つしか、ありやせぬ。おまけに、死ぬ方は、ただなくなるだけで、何もないだけのことじゃないか。生きてみせ、やりぬいてみせ、戦いぬいてみなければならぬ。いつでも、死ねる。そんな、つまらんことをやるな。いつでも出来ることなんか、やるもんじゃないよ。

死ぬ時は、ただ無に帰するのみであるという、このツマシイ人間のまことの義務に忠実でなければならぬ。私は、これを、人間の義務とみるのである。生きているだけが、人間で、あとは、ただ白骨、否、無である。そして、ただ、生きることのみを知ることによって、正義、真実が、生まれる。生と死を論ずる宗教だの哲学などに、正義も、真理もありはせぬ。あれは、オモチャだ。

しかし、生きていると、疲れるね。かく言う私も、時に、無に帰そうと思う時が、あるですよ。戦いぬく、言うは易く、疲れるね。しかし、度胸は、きめている。是が非でも、生きる時間を、生きぬくよ。そして、戦うよ。決して、負けぬ。負けぬとは、戦う、ということです。それ以外に、勝負など、ありやせぬ。戦っていれば、負けないのです。決して、勝てないのです。人間は、決して、勝ちません。ただ、負けないのだ。

勝とうなんて、思っちゃ、いけない。勝てる筈が、ないじゃないか。誰に、何者に、勝つつもりなんだ。

時間というものを、無限と見ては、いけないのである。そんな大ゲサな、子供の夢みたいなことを、本気に考えてはいけない。時間というものは、自分が生まれてから、死ぬまでの間です。

大ゲサすぎたのだ。限度。学問とは、限度の発見にあるのだよ。大ゲサなのは、子供の夢想で、学問じゃないのです。

原子バクダンを発見するのは、学問じゃないのです。子供の遊びです。これをコントロールし、適度に利用し、戦争などせず、平和な秩序を考え、そういう限度を発見するのが、学問なんです。

自殺は、学問じゃないよ。子供の遊びです。はじめから、まず、限度を知っていることが、必要なのだ。

私はこの戦争のおかげで、原子バクダンは学問じゃない、子供の遊びは学問じゃない、戦争も学問じゃない、ということを教えられた。大ゲサなものを、買いかぶっていたのだ。

学問は、限度の発見だ。私は、そのために戦う。


（『坂口安吾全集』一五巻　ちくま文庫）

坂口安吾　一九〇六（明治三九）年―一九五五（昭和三〇）年。小説家。新潟県に生まれた。太宰治・織田作之助らとともに無頼派と呼ばれる。敗戦直後の評論「堕落論」、小説「白痴」は、虚脱状態にあった日本の人々に大きな衝撃を与えた。「不良少年とキリスト」は、太宰の死の直後の一九四八（昭和二三）年七月一日発行の「新潮」（第四五巻第七号）に掲載された。

神への復讐（『太宰治』「人間像と思想の成立」より）

奥野《おくの》健男《たけお》

考えると、太宰ぐらい、この現代に対し痛切に夢と理想を抱いた作家は、他にいなかったと言えます。そしてこの事は賞嘆されるべきことであっても、決して非難されるべきことではありません。けれどぼくにはなにかひっかかるものがあるのです。社会に対して下降的に反逆的に生きる、そのような生き方の底に、必ず痛切な夢と希望が潜んでいるのは、当然と言えるでしょう。けれど太宰の場合、ぼくはなにか物足りないのです。彼の悪徳生活は、底が見えているような気がするのです。たとえば、自分で反立法の役割だなどと説明しなければならない。すぐに「明日の黎明」などと設定しなければならない。彼の下降はすぐ先に、上昇が予定されている、そんなちゃちな抛物線《ほうぶつせん》のような気がするのです。人類に呪いをかけるような、存在のどん底へ突き落とすような凄惨な血の濃さがない。彼の下降は、あまりに悪意が不足しているのです。もっと深奥に潜むはずの理想への悲願が彼の場合、まるですぐ隣岸のように手近に見えているのです。これはその理想や夢そのものの問題でもあります。

私の欲してゐたものは、全世界ではなかつた。百年の名声でもなかつた。タンポポの花一輪の信頼が欲しくて、チサの葉いちまいのなぐさめが欲しくて、一生を棒に振つた。

（「二十世紀旗手」）

アナーキーつてどんな事なの？　あたしは、それは、大昔の桃源境みたいなものを作つてみる事ぢやないかと思ふの。気の合つた友だちばかりで田畑を耕して、桃や梨や林檎《りんご》の木を植ゑて、ラジオも聞かず、新聞も読まず、手紙も来ないし、選挙も無いし、演説も無いし、みんなが自分の過去の罪を自覚して気が弱くて、それこそ、おのれを愛するが如《ごと》く隣人を愛して、さうして疲れたら眠つて、そんな部落を作れないものかしら。

（「冬の花火」）

これが彼の求めていた理想の内容です。信頼を求める心から、信頼し合える理想の社会、ぼくはこれに全く異論がありません。世界中のどのような人間の願う理想も多かれ少なかれこれとほとんど同一内容のものですから。そしてぼくたちには、その理想の内容はたいして問題ではなく、その理想に達する方法や情熱、特に芸術家の場合はそれによって芸術が問題なのです。けれどぼくの気になるのは理想に対する考え方、その発想の仕方なのです。はっきりさせるためにもっと引用してみましょう。

私はいま夢想する境涯は、フランスのモラリストたちの感覚を基調とし、その倫理の儀表を天皇に置き、我等の生活は自給自足のアナキズム風の桃源である。(「苦悩の年鑑」)

真の自由思想家なら、いまこそ何を置いても叫ばなければならぬ事がある。(中略)天皇陛下万歳!　この叫びだ。(中略)それはもはや、神秘主義ではない。人間の本然の愛だ。(「パンドラの匣《はこ》」)

ここまでは引用したくなかったのですが、戦争中一言も戦争礼讃をやらなかった太宰が、敗戦後突如としてこんな事を口走った。これは当時のとうとうたる便乗思想に対する反抗としての発言なのですが、理由は何にしろ、ここではっきりとわかると思います。

つまり太宰治は、本質的に近代人ではなく、封建的人間だったのです。典型的な日本人だったのです。ぼくは何も彼が天皇を持ち出したからそうだと言っているのではなく、太宰治自身言っているように「一宿一飯の恩義などといふ固苦しい道徳に悪くこだはる」(「東京八景」)古風な倫理や感性を身につけて世に出た事です。もちろんそれだからこそ彼はその封建制に反逆したのです。だがいかなる反逆も下降も、ある秩序に向かってなされる以上、その意味においてその秩序の中にあると言えます。つまり反逆や下降の仕方もその秩序の影響を免れないのです。太宰の反逆したのは、近代資本主義的秩序に対してというより、自己の育ってきた日本の封建的秩序に対してだったのです。この事実はあらゆることに微妙に関連していきます。それはまず彼の下降指向の形態に特殊な相貌を与えます。絶えず「他の為」などというタブーに律せられ、快楽を罪悪視するようなストイックな生活を送ったというこ と、いや彼の倫理が「他の為」という非絶対的倫理だったということが根本です。つまり義理とか人情とかいう封建秩序内の道徳、極端に言えば世間に対する体裁から発した低次な倫理だったということです。これが先に述べた彼の下降に対する物足りなさの根本にあるものなのです。日本に絶対的な倫理がなかったとすれば、避けられない運命ということもできますが、このことはもっと後で触れたい。

そこまで言わなくても、彼の内部に、また日本に、近代的自己が真に成立してなかったためだと言えます。だから彼の下降は、本来ならその根本は個人の自由を守ることから発するはずなのに、そうではなく、反措定である。「他の為」への自己犠牲、つまり封建的美徳が直接、なまのまま浮かび上がってしまったのです。彼の生活態度は、典型的な封建的ストイシズムです。特に太宰の場合、生活を享楽するという、近代資本主義社会の小市民の家庭生活が理解出来なかった。彼は一家団欒《だんらん》、炉辺の幸福の味をついに知らず、それを憧れながら最後まで敵視したのです。これは彼の育った家庭にそれが全くなかったということと、分裂性性格特有の休息感の皆無ということにもよるのですが、これがますます彼の封建人的性格に拍車をかけ、その生活を何かに追われているような息苦しいまでのゆとりのないものにしたのです。しかしこの事は、彼が日本の現実にもっとも忠実であったためということも出来ます。

ダンテ、――ボオドレエル、――私。その線がふとい鋼鉄の直線のやうに思はれた。その他は誰もない。
（「めくら草紙」）

このように人一倍西欧の古典に傾倒し、それにつらなりたいと念願する彼でありながら、そのことによって日本の現実から遊離してしまうことを、もっとも怖れたのです。彼の中に住む古風な人情家は、日本の哀《かな》しい庶民の心を愛したのです。コミニズムによっても救うことの出来ない日蔭者《ひかげもの》を発見したのも、そのためであったと言えます。太宰の文学はそのモダニズム、ダンディズムのスタイルの蔭に、このような古風な哀感がにじみ出て、その意味で彼は、国木田独歩《くにきだどっぽ》、永井荷風《ながいかふう》、芥川龍之介《あくたがわりゅうのすけ》、武田麟太郎《たけだりんたろう》、織田作之助《おださくのすけ》と、とぎれながらもつながる、庶民的な哀愁を拾い上げてきた流れにつながっているといえます。

そして太宰の下降は、またその下降によって支えられる文学は、非人間的な凄惨さをもって迫る代わりに、傷つき易いリリシズムをもって、ぼくたちの心を共感させるのです。心弱い人間である彼が自己を賭して下降を行う時、他の為に傷つく自己は、その流された血は、彼の作品に比類のない美しさを与えずにはおきません。

だが、彼に近代的自我が成立していなかったということは、絶えざる自己破壊の後に残ったものが名誉心、名声欲、ないしは傑作意識という前近代的な英雄主義的自我であったということにもあらわれます。彼が作品を書く時、絶えず自分の全集のどの辺に入るかを予想して書いたということ、しかも実際の全集（八雲書房版）に自ら津島家（太宰の生家）の鶴の紋を浮き彫りにさせたということは象徴的です。しかし、名声欲はもちろん、傑作意識も、それ自体明白な上昇感性です。彼がそれに無関心でいられるわけはありません。彼はその上昇感性の処理を作品自体によって行おうとしたのです。いやその処理が文学の場になるのです。今まで述べたそれ以外のあらゆる上昇感性は、実は文学以前の場で処理され、作品にはただ昇華された事実として提出されているに過ぎなかったのです。（ほとんどの作家は、自己の感性が上昇的であるという事実に気がついていませんから、無意識にそれがいじらしいほど出ているのです。たとえば私小説作家のほとんどがそれだし、石坂洋次郎《いしざかようじろう》——これは太宰自身が、「創生記」で痛烈に批判しています。——高見順《たかみじゅん》、椎名麟三《しいなりんぞう》などにもっとも顕著です。それに気がついて文学の場で処理しようとしている作家にはたとえば伊藤整がいます。）

太宰はこの傑作意識を作品自体の中で、戯画化したり、あるいはわざと龍頭蛇尾の構成や錯雑したスタイルをとったりなどすることにより処理しようとしました。しかしこれだけは彼もついに処理しきれなかったのです。ここに再び、下降的な倫理性と上昇的な芸術完成とが矛盾対立してきます。

それをどのように解決するか。これは倫理と芸術という一般的な命題と関連してきます。そうなるとここで簡単に解決出来る問題ではありません。ただぼくが今言えることは、人間が本来的にもっている創造本能を、長期間にわたる社会の強制の結果、一種の本能的習性にすらなった上昇感性から、独立させる、あるいは反逆としての下降感性によって逆にこれを支えることが出来るのではないか、ということです。上昇感性の否定は決して芸術創造の努力を否定することであありません。だがおそらくその時、作品を創るということはまた作品を完全にする努力をすることは、ただそれだけのもの、ちょうど何か自分の持ち物を置いていくような感慨があるだけのことであろうと思われます。

それはともあれ、この矛盾のため太宰にとって作品を書くということは、またそれを芸術的に完成させようとする努力は、倫理感により傷つくのみであり、罪の意識を抱く結果にだけなったのです。そして彼はその傷を、罪悪感を、パン種にして作品を書く、そして再び傷つく。ぼくの論理は次第に循環してきたようです。もうここまで来ると、このままでは、彼がしかもなお文学に固執する心は業みたいなものだとして、ぼくは沈黙するよりほかはありません。しかし太宰はきわめて印象的な独自な解決をしているのです。なぜ小説を書くか、彼はこう答えているのです。

僕はなぜ小説を書くのだらう。困つたことを言ひだしたものだ。仕方がない。思はせぶりみたいでいやではあるが、仮に一言こたへて置かう。「復讐」

（「道化の華」）

復讐。誰に対する？　ぼくはとうとう最後の所へ来たようです。彼にとって創作は「倫理」に対する復讐だったのです。いや彼を倫理に追いやる固定観念、つまり彼を監視している「自己の中の他者」に対する復讐だったのです。彼の中の他者は最初「世間」でした。彼は常に世間の監視を自己の中に感じそれにうろたえたのです。絶対的な倫理のない、世間態が倫理の基準である封建的な日本の風土に生まれた彼とすれば、それは当然のこととも言えます。が次第にその「世間」を「民衆」あるいは「社会」だと意識していきます。つまり彼はその生来の世間にうろたえる心を、民衆への奉仕という社会的価値のある倫理感に成長させたのです。彼が「他の為」に自己を犠牲にしたのもまたコミニズムに走ったのもそのためです。だから彼は最初文学も「市民への奉仕」という社会的倫理価値をもって見ずにはいられなかったのです。だが、文学を書いていくうちに「社会」はいつの間にか「神」にすりかえられていきます。文学が社会に対してほとんど倫理的価値がないと意識したとき、民衆に対して単なる「玩具」に過ぎないと自覚したとき、しかもなお文学を書くとすれば、より高い権威づけが必要だったのです。彼もついに超越的な他者によって文学を支えずにはいられなかったのです。だがこの時、微妙な転換が行われます。民衆に対しては、奉仕であった文学は、神に対しては、奉仕ではなく「復讐」に代わってしまうのです。ここにおいて彼ははじめて芸術を倫理と対等に置くことが出来たのです。これは実に彼の徹底した下降感性によってなされたといえます。この一点において、彼は「人間から神へ」という宗教的上昇感性の虜《とりこ》になることを免れ得たのです。が同時に彼の下降もこの神を得ることによりようやく絶対的なものとなりました。絶対神の伝統のない日本に生まれた彼は、西欧の絶対神を自らの解釈で呼び、求めたのです。自分で神をつくりあげたのです。彼の生涯は「聖書」を異端者的に読むことにより決定されました。神への反逆、これは彼に絶対的な罪の意識を与えずにはおきません。

自分は神にさへ、おびえてゐました。神の愛は信ぜられず、神の罰だけを信じてゐるのでした。信仰。それは、ただ神の笞《むち》を受けるためにうなだれて審判の台に向ふ事のやうな気がしてゐるのでした。地獄は信ぜられても、天国の存在は、どうしても信ぜられなかったのです。　（「人間失格」）

「罪のアントがわかれば、罪の実体もつかめるやうな気がするんだけど、……神、……救ひ、……愛、光……しかし、神にはサタンといふアントがあるし、救ひのアントは苦悩だらうし、愛には憎しみ、光には闇と云ふアントがあり、善には悪、罪と祈り、罪と悔い、罪と告白、罪、と、……嗚呼、みんなシノニムだ、罪の対語は何だ。」……罪と罰、ドストエフスキイ。ちらとそれが、頭脳の片隅をかすめて通り、はつと思ひました。もしも、あのドスト氏が、罪と罰とをシノニムと考へず、アントニムとして置き並べたものとしたら？　（同）

もうこの時太宰の前には、民衆や社会は消滅し、ただ一人エホバに対しているだけです。彼を救うのではなく、罰してくれる神に。そしてその事のみ、神の、彼の罪に対する罰に対抗し得る唯一のものとして、彼の作品が、彼に対する復讐として絶対的な価値を持つに至るのです。罰せられることは神の倫理に対する芸術の勝利になるのです。太宰は今やただ神の罰を待ち望むだけです。そしてこの時、彼の心をかすめるものは最大のライバル、あの「己れを愛するが如く隣人を愛せよ」などと実行不可能の教えを説いた「イエス」だったのです。太宰は「負の十字架」「廃残の十字架」に就きたかったに違いありません。

（『奥野健男作家論集』第一巻所収）

奥野健男　一九二六（大正一五）年―一九九七（平成九）年。文芸評論家・科学技術者。東京都に生まれた。東京工業大学卒業後、東芝に入社。トランジスタの研究に従事した後、多摩美術大学教授となる。一九五六（昭和三一）年太宰の生涯から作品までの全体像を捉えた評論『太宰治論』を出版し、注目を集める。「神への復讐」は、その一部である。その後、吉本隆明らと同人誌「現代批評」を創刊。旺盛な批評活動を行う。作家論にすぐれ、『坂口安吾』『伊藤整』などの著作がある。

年譜（太字の数字は月・日）

一九〇九（明治四二）年　**6・19**青森県北津軽郡金木村（現・五所川原市）に生まれる。本名津島修治。源右衛門、たねの六男。文治、英治、圭治の三兄（長兄、次兄は夭折）と、たま、とし、あい、きやうの四姉があった（後に三歳下の弟礼治が生まれる）。源右衛門は県下有数の大地主で、衆議院議員、貴族院議員を歴任した。母たねが病弱のため、生まれるとすぐ乳母に育てられた。

一九一六（大正五）年　七歳　**4**金木尋常小学校に入学。病弱で欠席がちだったが、成績は優秀であった。

一九二二（大正一一）年　一三歳　**3**小学校を卒業。**4**学力補充のため、金木町の明治高等小学校に一年間通学。

一九二三（大正一二）年　一四歳　**3**父源右衛門、死亡。**4**県立青森中学校に入学。

一九二五（大正一四）年　一六歳　「青森中学校校友会誌」や、級友らとの同人雑誌「星座」に習作を発表。

一九二七（昭和二）年　一八歳　3青森中学四年を修了。4弘前高等学校文科甲類に入学。7芥川龍之介の自殺に衝撃をうける。夏休みの頃から女師匠について義太夫を習い、服装に凝り、青森、浅虫の料亭によく遊んだ。9青森の芸妓小山初代と知り合う。

一九二八（昭和三）年　一九歳　5級友と同人雑誌「細胞文芸」を創刊し、生家をモデルにした「無間奈落」を発表。「弘前高校新聞」や「弘前高校校友会誌」に小説を発表。

一九二九（昭和四）年　二〇歳　1弟礼治が敗血症で死亡。「地主一代」の執筆を始めたが、思想的な苦悶、学業成績などの問題がからんで、カルモチン自殺を図り、未遂。

一九三〇（昭和五）年　二一歳　3弘前高等学校を卒業。4東京帝国大学文学部仏文科に入学。5初めて井伏鱒二に会い、以後永く師事した。この頃から共産党の非合法運動に参加。6三兄圭治が死亡。10上京した小山初代との同棲中、長兄文治が、将来結婚させるとして初代を帰郷させた。11金木町同番地に戸籍の上で分家。同月、銀座のカフェーの女性と江の島袖ヶ浦に投身、女性は死亡、このため自殺幇助罪に問われるが、起訴猶予となる。

一九三一（昭和六）年　二二歳　2再び上京した小山初代と同棲。東大の反帝国主義学生運動に加わり、非合法運動を続ける。また、朱麟堂と号して俳句に凝った。大学には全く登校しなかった。

一九三二（昭和七）年　二三歳　6非合法運動のアジト提供の件で警察沙汰となり、一時生家から送金を止められる。7青森警察署に出頭して、取り調べを受け、以後非合法運動から離脱。

一九三三（昭和八）年　二四歳　2杉並区天沼に移転。近所の井伏鱒二を頻繁に訪問した。同月、初めて太宰治の筆名で「列車」を「東奥日報」付録に発表。木山捷平、新庄嘉章、今官一、古谷綱武らの同人雑誌「海豹」に参加、「魚服記」を同誌三月号に、「思ひ出」を四、六、七月号に発表。

一九三四（昭和九）年　二五歳　4「葉」を古谷綱武、檀一雄編集の季刊同人雑誌「鷭」第一集に、7「猿面冠者」を第二集に発表。10「彼は昔の彼ならず」を「世紀」に発表。12今官一、伊馬鵜平（春部）、小山祐士、木山捷平、檀一雄、山岸外史、中原中也らと同人雑誌「青い花」を創刊、「ロマネスク」を発表。同誌は一号で廃刊となり、翌年3佐藤春夫、萩原朔太郎、亀井勝一郎、保田与重郎、中谷孝雄らの「日本浪曼派」と合流。

一九三五（昭和一〇）年　二六歳　「逆行」のうちの三編を「文芸」二月号に発表。3都新聞社の入社試験を受けて落第。鎌倉山中で縊死を図るが失敗。その後、盲腸炎から腹膜炎を併発し、入院。この間に鎮痛薬として用いたパビナールのため、中毒症に苦しむ。その間、「道化の華」を「日本浪曼派」五月号に、「玩具」「雀こ」を「作品」七月号に発表。8「逆行」が第一回芥川賞候補となるが、次席であった。同月、山岸外史に伴われて佐藤春夫を訪問、以後師事した。「猿ケ島」を「文学界」九月号、「ダス・ゲマイネ」を「文藝春秋」十月号に発表。12「地球図」を「新潮」に発表。小説の他に、「もの思ふ葦（その一）」を「日本浪曼派」八、十、十一、十二月号、「川端康成へ」を「文藝通信」十一月号に発表。「もの思ふ葦（その二）」を「東京日日新聞」12・14、15に発表。

一九三六（昭和一一）年 二七歳 「めくら草紙」を「新潮」一月号に、「碧眼托鉢」を「日本浪曼派」一、二、三月号にそれぞれ発表。2パビナール中毒症治療のため入院、全治せぬまま二週間で退院。「陰火」を「文芸雑誌」四月号に、「雌に就いて」を「若草」、「古典竜頭蛇尾」を「文芸懇話会」各五月号に、「悶悶日記」を「文藝」六月号に発表。6処女創作集『晩年』を砂子屋書房から刊行。「虚構の春」を「文學界」七月号に発表。8パビナール中毒症と肺結核治療のため、群馬県谷川温泉に滞在、同地で第三回芥川賞落選を知り、打撃を受ける。同月下旬、下山。「狂言の神」を「東陽」、「創生記」を「新潮」、「喝采」を「若草」各十月号に発表。10井伏鱒二らのすすめにより入院、中毒症を根治し、11退院。

一九三七（昭和一二）年 二八歳 「二十世紀旗手」を「改造」一月号に発表。3小山初代と共に水上温泉に行き、カルモチン自殺を企て、未遂。帰京後、初代と離別。「HUMAN LOST」を「新潮」四月号に発表。5『虚構の彷徨』を新潮社から刊行。7『二十世紀旗手』を版画荘から刊行。「燈籠」を「若草」十月号に、「思案の敗北」を「文藝」十二月号に発表。

一九三八（昭和一三）年　二九歳　「『晩年』について」を「文筆」二月号、「一日の労苦」を「新潮」三月号、「多頭蛇哲学」を「あらくれ」五月号、「答案落第」を「月刊文章」七月号、「緒方氏を殺した者」を「日本浪曼派」、「一歩前進二歩退却」を「文筆」各八月号、「満願」を「文筆」九月号、「姥捨」を「新潮」十月号に発表。9井伏鱒二が滞在していた山梨県御坂峠の天下茶屋に移る。井伏鱒二の紹介で同月、石原美知子と見合いをし、11婚約する。

一九三九（昭和一四）年　三〇歳　1・8井伏家で結婚式を挙げ、甲府市御崎町に新居を構える。「I can speak」を「若草」二月号、「富嶽百景」を「文体」二、三月号に発表。「女生徒」を「文學界」、「懶惰の歌留多」を「文藝」、「葉桜と魔笛」を「若草」、「春昼」を「月刊文章」各四月号に発表。4「黄金風景」が国民新聞社の短編コンクールに当選。書下し創作集『愛と美について』を竹村書房から刊行。7『女生徒』を砂子屋書房から刊行。「『人間キリスト記』その他」を「文筆」七月号に発表。「八十八夜」を「新潮」、「美少女」を「月刊文章」、「畜犬談」を「文学者」、「ア、秋」を「若草」各八月号に発表。9甲府を引き払い東京三鷹に移る。「デカダン抗議」を「文芸世紀」、「皮膚と心」を「文學界」各十一月号に、「困惑の弁」を「懸賞界」、「市井喧争」を「文芸日本」、「酒ぎらひ」を「知性」各十二月号に発表。

一九四〇(昭和一五)年　三一歳　「俗天使」を「新潮」、「鷗」を「知性」、「春の盗賊」を「文芸日本」、「女人訓戒」「座興に非ず」を「作品倶楽部」各一月号に発表。「駈込み訴へ」を「中央公論」二月号、「無趣味」を「新潮」三月号に発表。**4**『皮膚と心』を竹村書房から刊行。「善蔵を思ふ」を「文藝」、「誰も知らぬ」を「若草」、「義務」を「文学者」各四月号に、「作家の像」を「都新聞」にそれぞれ発表。同月、井伏鱒二、伊馬鵜平らと群馬県四万温泉に遊ぶ。**5**「走れメロス」を「新潮」五月号に発表。**6**『思ひ出』を人文書院、『女の決闘』を河出書房からそれぞれ刊行。「古典風」を「知性」六月号に発表。**7**伊豆に滞在して「東京八景」を執筆する。また、「乞食学生」を「若草」七月号から連載(十二月号完結)。「六月十九日」を「博浪沙」八月号、「自作を語る」を「月刊文章」九月号、「砂子屋」を「文筆」十月号に発表。「きりぎりす」を「新潮」、「一燈」を「文芸世紀」、「パウロの混乱」を「現代文学」各十一月号に発表。「ろまん燈籠」を「婦人画報」十二月号から連載(昭和十六年六月号完結)。なおこの秋、単行本『女生徒』が第四回北村透谷賞副賞に選ばれた。

一九四一(昭和一六)年　三二歳　「清貧譚」を「新潮」、「みみづく通信」を「知性」、「佐渡」を「公論」、「東京八景」を「文學界」各一月号に発表。**2**「服装に就いて」を「文藝春秋」二月号に発表し、**5**『東京八景』を実業之日本社から刊行した。**6**長女園子誕生。「千代女」を「改造」、『晩年』と『女生徒』を「文筆」各六月号に、**7**最初の書下し長編『新ハムレット』を文藝春秋社から刊行。**8**十年ぶりで帰郷。同月、『千代女』を筑摩書房から刊行。**11**文士徴用を受けるが、胸部疾患により免除となる。「風の便り」を「文學界」、「秋」(「風の便り」の一部)を「文藝」各十一月号に、「旅信」(同)を「新潮」、「誰」を「知性」各十二月号に発表。**12**末、限定版『駈込み訴へ』を月曜荘から刊行。

一九四二(昭和一七)年　三三歳　「恥」を「婦人画報」、「新郎」「或る忠告」を「新潮」、「食通」を「博浪沙」各一月号に、「十二月八日」を「婦人公論」二月号に発表。**4**『風の便り』を利根書房から刊行。「一問一答」を「芸術新聞」に発表。**5**『老ハイデルベルヒ』を竹村書房から刊行。「水仙」を「改造」五月号に発表。**6**第二の書き下し長編『正義と微笑』を錦城出版社、『女性』を博文館から刊行した。「小さいアルバム」を「新潮」、「無題」を「現代文学」各七月号に発表。「天狗」を「みつこし」九月号、「花火」(戦後「日の出前」と改題)を「文藝」十月号に発表。しかし「花火」は、時局に沿わないことを理由に全文削除を命じられた。**11**『文藻集信天翁』を昭南書房から刊行。「帰去来」を「八雲」十一月号に発表。同月、新年号の短編三つ「黄村先生言行録」「故郷」「禁酒の心」を書いた。**12**母たね、死亡。

一九四三(昭和一八)年　三四歳　**1**『富嶽百景』を新潮社から刊行。「黄村先生言行録」を「文學界」、「故郷」を「新潮」一月号に発表。「鉄面皮」を「文學界」四月号、「赤心」を「新潮」五月号に発表。「わが愛好する言葉」を「現代文学」八月号に発表。**9**第三の書下し長編『右大臣実朝』を錦城出版社から刊行。「作家の手帖」を「文庫」、「不審庵」を「文芸世紀」各十月号に発表。秋、「雲雀の声」（二百枚）を書いたが、検閲不許可をおそれ、出版を中止した。

一九四四（昭和一九）年　三五歳　「裸川」（新釈諸国噺）を「新潮」、「佳日」を「改造」各一月号に発表。東宝から「佳日」映画化の申し入れがあり、八木隆一郎らと脚色に着手。「散華」を「新若人」三月号、「芸術ぎらひ」を「映画評論」四月号、「雪の夜の話」を「少女の友」、「義理」（新釈諸国噺）を「文藝」各五月号に発表。**5—6**「津軽」執筆のため郷里を旅行し、**7**「津軽」を完成。**8**長男正樹誕生。同月、『佳日』を肇書房から刊行。「貧の意地」（新釈諸国噺）を「文芸世紀」九月号に、「人魚の海」（新釈諸国噺）を「新潮」十月号に発表。映画「四つの結婚」（「佳日」の映画化）が封切られる。**11**『津軽』（新風土記叢書）を小山書店から刊行。「女賊」（新釈諸国噺）を「月刊東北」十一月号に発表。**12**「惜別」執筆のため、仙台市に旅行。この年、小山初代が青島で死亡。

一九四五（昭和二〇）年　三六歳　**1**『新釈諸国噺』を生活社から刊行。**3**空襲警報のなか、「お伽草紙」を執筆。同月末、妻子を甲府に疎開させ帰京後まもなく、来訪中の田中英光、小山清とともに空襲にあう。その後、自身も甲府に疎開。「竹青」を「文藝」四月号に発表。**6**「お伽草紙」を完成。**7**甲府も空襲をうける。小山清に「お伽草紙」の原稿を託して、筑摩書房に届けさせた。同月、妻子を連れて津軽の生家に身を寄せる。**8・15**終戦。**9**『惜別』を朝日新聞社から刊行。**10**「パンドラの匣」を「河北新報」に連載（**12**完結）。同月、『お伽草紙』を筑摩書房から刊行。**11**四姉きやう、死亡。

一九四六（昭和二一）年　三七歳　「庭」を「新小説」、「親といふ二字」を「新風」各一月号に発表。ジャーナリズム、文壇の新時局便乗主義を攻撃して、自ら保守派を宣言した。「嘘」を「新潮」、「貨幣」を「婦人朝日」各二月号に、「やんぬる哉」を「月刊読売」、「苦悩の年鑑」を「新文芸」、「雀」を「思潮」各三月号に発表。**3・15**最初の戯曲「冬の花火」を完成。**4**戦後初の総選挙で長兄文治が衆議院議員に当選。「十五年間」を「文化展望」四月号、「未帰還の友に」を「潮流」五月号、「冬の花火」を「展望」六月号に発表。**6**『パンドラの匣』を河北新報社から刊行。「政治家と家庭」を「東奥日報」、「津軽地方とチエホフ」を「アサヒグラフ」に発表。**7**祖母いし、死亡。「チャンス」を「芸術」、「海」を「文芸通信」各七月号に、第二の戯曲「春の枯葉」を「人間」九月号に発表。**11**家族とともに約一年半の疎開から三鷹の自宅に帰った。「たづねびと」を「東北文学」十一月号に発表。**12**『薄明』を新紀元社から刊行。「親友交歓」を「新潮」、「男女同権」を「改造」、「同じ星」を「鱒」各十二月号に発表。同月、『冬の花火』の刊行が、マッカーサー司令部の意向によって中止となる。

一九四七（昭和二二）年　三八歳　「トカトントン」を「群像」、「メリイクリスマス」を「中央公論」各一月号に発表。**2**神奈川県下曾我に太田静子を訪ねる。田中英光の疎開先、伊豆で、「斜陽」の一、二章を執筆。「母」を「新潮」、「ヴィヨンの妻」を「展望」各三月号に発表。**3**次女里子誕生。「父」を「人間」四月号、「女神」を「日本小説」五月号に発表。この春、山崎富栄と識り合う。**6**末、「斜陽」完成。**7**『冬の花火』を中央公論社から刊行。「朝」を「新思潮」七月号、「斜陽」を「新潮」七〜十月号に発表。8『ヴィヨンの妻』を筑摩書房から刊行。「おさん」を「改造」十月号、「わが半生を語る」を「小説新潮」十二月号に発表。11太田静子に娘治子誕生。12『斜陽』を新潮社から刊行。

一九四八（昭和二三）年　三九歳　「犯人」を「中央公論」、「酒の追憶」を「地上」、「饗応夫人」を「光」、「かくめい」を「ろまねすく」各一月号に発表。3『太宰治随想集』を若草書房から刊行。「美男子と煙草」を「日本小説」、「眉山」を「小説新潮」、「如是我聞」（一）を「新潮」、「小説の面白さ」を「個性」各三月号に発表。3熱海に滞在して「人間失格」の「第二の手記」まで執筆。5中旬、「人間失格」完成。「渡り鳥」を「群像」、「女類」を「八雲」、「徒党について」を「文芸時代」各四月号に、「桜桃」を「世界」、「如是我聞」（二）を「新潮」、「黒石の人たち」を「月刊読物」各五月号に発表。4『太宰治全集』の第一回配本『虚構の彷徨』を八雲書店から刊行。5中旬、「朝日新聞」に連載予定の「グッド・バイ」を書き始め、同月下旬に第十回分までの草稿を渡す。この頃から疲労による不眠症がひどく、しばしば喀血した。「人間失格」の「第二の手記」までを「展望」、「如是我聞」（三）を「新潮」各六月号に発表。6・13深更、「グッド・バイ」十回分の校正刷と十一回から十三回までの草稿、遺書などを残し、山崎富栄とともに玉川上水に入水。6・19早朝死体発見。6・21自宅で告別式が行われた。葬儀委員長豊島与志雄、副委員長井伏鱒二であった。

（編集部）

ちくま文庫

教科書《きようかしよ》で読《よ》む名作《めいさく》
走《はし》れメロス・富嶽百景《ふがくひやっけい》ほか

二〇一七年四月十日　第一刷発行

著　者　太宰治（だざい・おさむ）
発行者　山野浩一
発行所　株式会社　筑摩書房
東京都台東区蔵前二—五—三　〒一一一—八七五五
振替〇〇一六〇—八—四一二三
装幀者　安野光雅
印刷所　凸版印刷株式会社
製本所　凸版印刷株式会社

乱丁・落丁本の場合は、左記宛にご送付下さい。
送料小社負担でお取り替えいたします。
ご注文・お問い合わせも左記へお願いします。
筑摩書房サービスセンター
埼玉県さいたま市北区櫛引町二—六〇四　〒三三一—八五〇七
電話番号　〇四八—六五一—〇〇五三

ISBN978-4-480-43418-0 C0193